天鏡の湖

菅原 日月日
SUGAWARA Asahi

文芸社

目次

天鏡の湖

プロローグ

令和最初の年、２０１９年十月最初の日曜日夕刻。上野の東京文化会館大ホールではメトロポリス東京バレエ団『白鳥の湖』が開幕しようとしていた。公演は金曜日から三日間公演の最終日だった。

アクアブルー色ワンピースを着た美貌の若い女性と、モスグリーン色ワンピースのもう一人の若く美しい女性。その二人の女性が女性トイレの鏡の前にいた。一方の女性が手を洗っていると鏡にもう一人が映りこんだ。ほぼ同時に横を向いた二人の女性が見つめ合う。ストレートロングとポニーテールの違いはあっても、まったく同じ美しい顔。二人の間に鏡はなく空虚な空間しかなかった。

途中休憩の終わりを告げるブザーが鳴った。舞台下のオーケストラピットでは管弦楽団がバレエ音楽を奏で始める。ホール内にチャイコフスキー作曲の流麗な音楽が響きわたる。『白鳥の湖』第三幕が始まった。城で開かれたジークフリード王子の妃を選ぶ宴会の場面。悪魔ロットバルトはヒロインのオデットに似せた娘オディールを会場に送り込む。オデットに擬態したオディールは王子の前で華麗なダンスを披露する。オディール役が三十二回連続の片足回転フェッテを披露する『白鳥の湖』の見せ場だった。

プリンシパルによる白鳥オデットとブラックスワン・オディールの一人二役。オデット役のときは白衣装チュチュと清楚メイク。オディール役のときは黒衣装チュチュと悪魔メイクでブラックスワンを演じる。王子はオディールの踊りに幻惑されてオデットと間違え、悪魔の娘オディールに求愛してしまう。その瞬間、悪魔ロットバルトが正体を現す。求愛したのは悪魔の娘オディールだとあざ笑う。王子は取り返しのつかない間違いに気づく。

悪魔の魔法で白鳥に変えられていたオデット。王子には永遠の求愛によってのみ悪魔の魔法が解け、人の姿に戻れることを告げていた。オデットは王子の裏切りを知り悲嘆にくれ、悲しみのダンスを湖で舞う。

最終第四幕を終えたオデット役とジークフリード王子役のプリンシパルがカーテンコールにこたえて登場する。レヴェランスポーズの優雅なおじぎに、会場にいる二千人の観客が喝采を送る。

悪魔ロットバルトが挨拶に出てくるが、観客からはブーイングの嵐。だが、その娘ブラックスワンのオディールは最後まで挨拶に現れなかった。

ブルーとグリーン、ワンピースの美しい女性二人も二階席前列中央でカーテンコールが終わるまで拍手し続けていた。

1

紅葉も終わりかけた晩秋の小春日和。昼前の陽光にきらめく猪苗代湖《いなわしろこ》を眺めながら外資系製薬企業ハウゼン社の医薬情報担当者、神農耕助《しんのうこうすけ》がSUV営業車を走らせていた。福島県の太平洋側から、郡山《こおりやま》市、猪苗代町、会津若松《あいづわかまつ》市を経て日本海側の新潟県新潟市まで続く国道49号線をマツダCX5は西に向かっていた。

県中央に位置する猪苗代湖は北側にそびえ立つ会津磐梯山の頂から見れば、透明度が高い湖水は天を映す鏡にも似ており『天鏡湖《てんきょうこ》』の別名もあった。猪苗代湖は郡山市、猪苗代町、会津若松市の三市町に取り囲まれており、その岸辺は冬季の白鳥飛来地になっていた。

郡山市から猪苗代町に入ってすぐの国道沿いに志田浜《しだはま》があり、砂浜の続く湖畔には観光客用の飲食と土産物店を兼ねたレストハウスがあった。トイレ休憩のため志田浜駐車場に進入した神農は車を駐車場に停めてレストハウスへと向かった。

中の土産物売り場に一組の家族連れがいた。夫婦と子ども三人の五人家族から中国語のにぎやかな会話が聞こえてくる。用を足して出てきた頃、中国人一家がちょうどレストハウスから出ていくところだった。スマホ画面を確認すると上司の杉沢からメール着信があった。内容を確認し返信を終えて外へ出ると湖から涼しい風が吹きよせてくる。神農はすぐに車に戻るのをやめてレストハウス横の道を湖畔に向かった。中国人家族が先に来ており、青い湖水と白鳥の小群を背景にスマホで家族写真を撮っていた。小群には純白の成鳥に混じって、灰色の羽毛を残したユーラシア大陸生まれの幼鳥もいた。猪苗代湖には十月初旬を過ぎると、越冬のために白鳥群がシベリアから飛来していた。

水際までの途中にブロンズ像が立っていた。両手を高く掲げた裸の少女を飛び立とうとする二羽の白鳥が取り囲むデザインだった。台座の裏側に【清澄水をたたえた冬の猪苗代湖には有史以前から白鳥の群れが飛来し、今やその数も三千羽を超えた。湖畔に立つ人々が白鳥のごとく新時代へ雄飛すること希望し、ここに猪苗代町出身彫刻家の絹田貴五郎氏による『白鳥の湖』像を建立する。平成七年一月吉日　猪苗代町長　北松栄治】とあった。

突如、湖畔に女性の悲鳴が響き渡たり、慌ただしい口調の中国語が飛び交う。何事かと神農が近寄ると中国人女性が水際を指さして叫ぶ。砂浜に大きく両開きされたネイビーブルーの大型スーツケースがあった。スーツケース内には、膝を抱え背骨を湾曲させた全裸の女性が収まっていた。女性は首が切断されており、長い黒髪に覆われた頭部は両腕で乳房のあいだに抱きかかえられていた。

気が動転した様子の中国人男性が電話を掛けろとでも言うようにスマホを掲げてポリスの単語を繰り返す。我に返った神農がスマホを取り出し一一〇番通報すると、間を置かず福島県警察本部の通信指令室から応答があった。事件内容、発生場所などを通報して通話を終了する。電話が終わるのを不安そうに見ていた中国人家族に簡単な英語で警察が来るから待っているように伝えると、家族同士が仕方ないとでもいうように顔を見合わせた。

ほどなくパトカーのサイレンが聞こえ始めた。時間の経過とともにサイレン音は急激に大きくなった。福島県警察機動捜査隊の覆面パトカーが到着し、二名の捜査員が降り立つ。志田浜湖畔で女性全裸切断遺体の状況確認をしていた機捜隊員らは小声で相談していたが、ほどなく地元所轄警察署の制服白黒パトカー数台も現着した。制服と私服の警官らに待機を命じられ、神農と中国人家族らは事情を聞かれることになった。

2

福島県警察本部刑事部捜査一課、強行犯係の警部、黒田北都《くろだほくと》が運転する覆面パトカーが志田浜の駐車場に進入する。先に到着していた数台の所轄署の制服パトカーと機動捜査隊の覆面パトカーに並ぶようにしてトヨタ・クラウンを停車させた。濃紺の鑑識現場活動服を着た機動鑑識隊員と制服警官、私服刑事、発見通報者らが遠くの湖畔に見えていた。

「警部、あそこですね」

助手席の後輩刑事、巡査部長の塚本勇基《つかもとゆうき》が目線を動かし黒田がうなずく。ダークスーツの黒田が車を降り、続いてピンストライプスーツの塚本が降り立った。

北西の強い風が吹き、アスファルトが所どころ剥がれた駐車場に砂埃が舞う。その中を二人の刑事が現場に向かった。

浜辺に続く道の手前、赤松の樹と樹をつなぐようにしてバリケードテープが張り巡らされていた。黄色い幅広テープに『福島県警　立入禁止』の黒文字。騒動を聞きつけて来た野次馬も集まり始め、制服警官がオーバーコートやスーツ姿の男女数人を下がらせていた。

二人の県警本部刑事が手袋と捜査腕章をつけてからバリケードテープをくぐる。現場では鑑識隊員が写真撮影や足跡採取をしていた。機捜隊員と所轄の猪苗代署刑事に挨拶し、ブルーシートに囲まれた現場に入る。スーツケースに入れられた遺体の搬送準備をしていた鑑識が、現れた黒田と塚本を見て黙礼し作業を止めた。刑事らが膝を折り合掌しながら遺体状況を観察する。黒田がつぶやいた。

「自分の首を抱えた状態でスーツケースに入れられたか……。全裸女性の首切り遺体。殺人と遺体の損壊遺棄」

横の塚本は遺体から視線を離さなかった。

「本部長が早期に帳場（捜査本部）を立てる考えなのも分かりますね」

風がブルーシートをばたつかせた。

「まずは発見者に状況を直接聞いてみようか。機捜と所轄にさんざん聞かれた後だろうけどな」

意外そうな顔で塚本が黒田を見た。

「警部、中国語が分かるんですか。それとも英語で？」

「俺が聞くのは日本人のほうだよ」

二人の刑事が立ち上がり、ブルーシートから出ると、猪苗代湖には冷たい秋雨が降り始めていた。青白い顔でうつむく神農に向かって黒田が歩き出した。

3

遺体発見日の翌日、福島県警察本部の判断で事件現場を所轄する猪苗代警察署内に捜査員計百名規模の特別捜査本部が設置された。

午前の早い時間帯、郡山北警察署刑事課の白川亜寿佐《しらかわあずさ》巡査部長と青木純斗《あおきじゅんと》巡査は国道49号線を猪苗代署に向かっていた。二十五歳で亜寿佐より三年後輩の青木が覆面パトのスバル４ＷＤ車を運転する。猪苗代町内に入ると十分足らずで猪苗代警察署に着いた。

鉄筋コンクリート三階建の猪苗代署の入口前駐車場はテレビ中継車や各新聞社ら報道関

係の車でごった返していた。覆面パトを正面玄関に横づけして黒パンツスーツの亜寿佐を先に降ろすと、青木は駐車スペースに向かって車を動かした。

二階大会議室前には事件名『猪苗代湖殺人遺体損壊遺棄事件　特別捜査本部』と紙に墨書で縦書きされた戒名が掲げられていた。大会議室は人いきれで包まれ、長テーブル席の椅子は既にほぼ満席だった。最後方から立った亜寿佐が手招きする。

「遅いよ」

「駐車するのに手間取って」

青木が席につくと同時に、会議室前方の幹部席横にホワイトボードとスクリーンが運ばれ、ＰＣプロジェクターにパソコンが接続された。

特捜本部長でもある福島県警察本部刑事部長の大山辰則《おおやまたつのり》、県警本部刑事部捜査一課長の中原俊数《なかはらとしかず》、刑事部管理官の南雲功司《なぐもこうじ》、副本部長に任命された猪苗代警察署長の野口比呂文《のぐちひろぶみ》が入室し、ノートパソコンが用意された幹部席におさまった。

午前九時になり捜査会議が始まった。起立、礼、着席の号令がかかり、皆が一礼して着座した。各テーブルにコピーされた捜査関係資料が配られる。大山本部長が座ったまま資料内容を読み上げる。

「県警本部刑事部の大山より申し上げる。昨日遅く、県警本部にて幹部会議を行った。今回の事件について福島県警における令和最初の特別捜査本部を設置することとなった。事件名は『猪苗代湖殺人遺体損壊遺棄事件』と決まった。殺人と遺体の損壊および遺棄という凶悪性を鑑みた結果だ。犯人の早期逮捕をはかるべく、県警本部刑事部長の大山が特捜本部長となる。事件の詳細は本部刑事部捜査一課長の中原警視より説明する」

中原が手元のパソコン画面をときおり見ながら事件概要を読み上げる。

「事件は昨日の十月二十一日月曜日。警察への通報時刻は午前十時十五分、発見時刻はその約二分前。第一発見者は観光で来日していた台湾籍の家族五名で両親と子ども三人。名前と年齢は資料に記載してある。水際にあった閉じたスーツケースを子どもらが見つけ、父親の謝敏来氏が好奇心からロックされていなかったスーツケースを開くと中に頭部と胴体に切断された全裸女性遺体を発見。妻の悲鳴を聞きつけて来た日本人の神農耕助氏が遺体を認識して一一〇番通報。台湾人家族は当日の早朝に東京都内ホテルをチェックアウトしてから東北新幹線で郡山まで移動。ＪＲ郡山駅前レンタカー業者の予約済みレンタカーで猪苗代湖志田浜に来ていた。身元確認、台湾運転免許証への翻訳文添付、都内ホテルと郡山駅前レンタカー営業所での滞在も確認。これから裏磐梯と会津若松市内観光を予定していているとのことで、携帯電話で連絡が常に取れるようにしておくことを確認し解放している。通報した神農氏は薬品メーカー、ハウゼン製薬郡山営業所勤務の医薬情報担当者で営業車での外勤活動の途中、トイレ休憩で立ち寄ったレストハウス近くで偶然に事件に遭遇。車載ドライブレコーダーにも不審な点はないため、今後の連絡もつくよう依頼して、こちらも解放した。事件は検視の結果、第三者による殺人と首部分の損壊の結論が出た。昨夜、福島県立医専大学法医学講座死因究明センターに移送されたマルガイ（被害者）は司法解剖の結果、死後二十四時間ほど経過した女性。年齢予測は十代後半から三十代まで。骨盤仙骨の形状から出産経験はないようだ。身長は162センチ、生前体重は46キロと推測される。血液型はA型RHプラス。DNA鑑定済みで、頭部と胴体で一致したため同一人物。死因は失血性ショックではなく窒息死。微量だが残存血液から睡眠導入剤トリアゾラムが検出された。意識を失わせた後での絞殺による窒息死と思われる。索状痕はあるが吉川線は見られない」

索状痕はヒモ状のもので絞殺された被害者の首に残る圧迫痕で、吉川線は被害者抵抗時の首の爪痕だった。

「体部に首の切断部以外に大きな傷はなく、肺の水の状態から水死の可能性はない。殺害現場は不明であるが、昏睡状態にしてからヒモ状の凶器で絞殺。死後硬直の始まる前に頭部を刃物類で切断し、スーツケースに入れ猪苗代湖岸に投棄したと思われる。殺人および遺体損壊遺棄事件と断定した。精鋭なる捜査員一同には捜査への尽力をお願いする。次に現地特捜本部の捜査統括者として任命した南雲管理官より捜査方針および指示を聞いてくれ」

南雲がパソコンを操作して、スーツケースと遺体の画像を次々にスクリーンに映していく。

「管理官の南雲より捜査方針について続ける。まずは身元の割り出し。頭部切断と全裸状態をも鑑み、犯人は被害者身元の隠ぺい目的があったとも考えられる。県警鑑識課によると指紋とＤＮＡは過去に登録のある犯罪関係者とは今のところ合致していない。唯一の重要な遺留物である遺体の入れられていたスーツケースからはマルガイ以外の血液、指紋、ＤＮＡなど付着物は検出できなかった。スーツケースは鞄製造大手『トラベルナイト』社の国内生産品でポリプロピレン樹脂材質、ネイビーブルー色Ｌサイズ。縦横奥行は外寸75・50・30、内寸72・46・28いずれもセンチ。販売店での売り上げ記録などの流通ルートを情報分析課ですでに追跡中だ。見つかっていない被害者の着衣や凶器発見が捜査事項にもなる。鑑識の初動では現場から有力な物証や痕跡は見つかっていない。湖の周辺は防犯カメラの設置も少ない湖畔地区になる。遺留物などは当然、不審な人物や車両の目撃情報などに留意して捜査に当たってほしい。レストハウスの防犯カメラの設置状況だが、入り口付近と会計レジ前の二か所にあり提供も受けている。初期解析では映像に事件前後に特定の不審人物などは映っていない。ハウス内での万引きや盗難防止目的に配置されており、駐車場や湖畔まではカバーしていない。尚、レストハウスの協力を得て、駐車場入口に不審な車両および人物についての目撃情報と車載カメラ映像提供を呼び掛ける内容の立て看板を設置する。現場の志田浜湖畔についてはボートを出して湖岸近くの水面下を探り、深みは水上警察隊猪苗代分駐隊の潜水ダイバーが捜索する。ひも状および頭部切断に用いられた刃物凶器類と着衣は、猪苗代湖以外の場所においての廃棄もしくは何らかの手段で処分も考えられる。捜査本部はここ、猪苗代署の大会議室におくが県警本部のある福島市から70キロ、郡山市街から25キロ、会津若松市街から30キロと車での移動距離としては、それほどでもないために各捜査員が自宅から通うことを主とする。ただし、道場に十組程度の布団を用意はしてあるので寝泊りしたい者はしてもかまわない。捜査会議は随時行う。時間は午前九時と午後七時のどちらかの原則は日に一度とするが、これは前日に連絡を入れる。捜査状況に応じては緊急に行う場合もあることを承知いただきたい」

大会議室を見渡した南雲が続ける。

「尚、県警本部において広報室長が記者クラブを通して外部への情報管理を一元的に行う。前日までの捜査状況を出せる範囲でマスコミの事件取材に応じる。現場の取材関係で問題があれば広報室にすぐに連絡すること。捜査員は事件の捜査に集中してほしい。湖畔などの捜索にあたっては捜査員の安全確保のうえ捜査を行うこと。以上、何か質問のある者はいるか」

言い終わった南雲が大きく息をした。亜寿佐が挙手し、配属署名と階級そして名前を名乗ってから質問する。

「管理官、被害女性に性的被害の痕跡はあったのでしょうか」

ペットボトルの水を飲んでから南雲が答える。

「検査も行ったが、性的暴行の痕跡は確認できないとの結論だ」

隣の青木も質問に立った。

「失踪人名簿との照合状況はどうなっていますか」

「言い遅れたが当然している。ただし、被害者が失踪あるいは行方不明から間がないとすると、届け出自体がまだ出ていない可能性もある。他には……」

この後も捜査や事件に関する基本的な質問が幾つか出て、南雲がすべて答え終えたところで質疑は終了した。

事件現場となった猪苗代湖は最大深度93m、湖面積103㎢で湖面は湖畔の点と点を結ぶ自治体境界線で取り囲む三市町に分割されていた。東側と南側が中核市で人口32万の郡山市、北側が観光農業の町で人口1万の猪苗代町、西側が旧会津藩城下町で人口11万の会津若松市に行政区分され、所轄も郡山市北部西部地区管轄の郡山北署、猪苗代署、会津若松署に分かれていた。

湖畔の地取りと遺留品の初動捜査は各所轄署が管轄エリアの捜査に当たり、水中については水上警察隊の猪苗代分駐隊がすべて行うことになった。

県警本部刑事部捜査一課強行犯係および所轄署刑事課から選抜された捜査員数名で専従捜査班を組織し、チームを組むことが決まっていた。人選はあらかじめ県警本部刑事部捜査一課および、猪苗代、郡山北、会津若松の各警察署刑事課からの事前提出リストから選出された。会議終盤になり、南雲が捜査班員名を読み上げていく。

「県警本部刑事部捜査一課強行犯係から、黒田北都警部が専従捜査班長の任にあたる」

ガッチリした体型の壮年男性が立ち上がり周囲に一礼する。

「次に同係から五十嵐《いがらし》良蔵《りょうぞう》警部補、塚本勇基巡査部長」

頭髪の薄い肥満体の中年男性に続いて、高身長の若手男性が起立する。

「郡山北署からは白川亜寿佐巡査部長と青木純斗巡査」

福島県警女性警官採用基準ギリギリ、身長155センチ、体重45キロの女性と痩身青年が起立。

「猪苗代署の坂下陸也《さかしたりくや》巡査」

大きな返事とともに短髪巨漢の若者が立ち上がり頭を下げる。

「会津若松署の三島信乃介《みしましんのすけ》巡査」

小柄でメタルフレーム・メガネの若手刑事が腰を浮かせた。

「以上の班員七名は黒田警部を班長とし、会議終了後速やかに捜査に当たること」

人員発表が終わり、再び南雲管理官が捜査手順を整理して言及し終えたところで本日の会議は終了となった。

4

黒田を中心に五十嵐、塚本、亜寿佐、青木、坂下、三島が捜査会議終了後、会議室後方に集合していた。

「今日からこの班で事件捜査が終了する日までやってもらうが、鑑取り、地取り、遺留品とほとんどの捜査はこれからで本部も所轄も垣根なしだ」

捜査手法には犯行現場周辺調査を主とする地取り捜査、被害者や被疑者の人間関係調査を主とする鑑取り捜査、物的証拠を発見収集する遺留品捜査があった。

「何か問題があれば遠慮なく俺に報告連絡相談してくれ。それから階級や役職で呼ばれるのは互いの距離を感じて昔から嫌いなんだ。少なくとも捜査班にいるあいだは、俺のことは黒田さんかクロさんでいい」

「了解、クロさん」

五十嵐が先陣を切って発声し敬礼をすると、他の捜査班員が一斉に続く。当日午後から黒田班の捜査が開始された。

5

　ＪＲ郡山駅に近い国道4号線沿いのコインパーキングに神農耕助が営業車を乗り入れた。基幹道路に面したオフィスビルにはハウゼン製薬郡山営業所が入居していた。入口横の警備室をのぞくと、高齢警備員は定時巡回なのか不在だった。無人の警備室の小型テレビでは午後二時からのワイドショーが始まっていた。

　エレベーターボタンを押すとタイミングよくドアが開き、ちょうど降りようとする警備員と鉢合わせになった。ギョッとした表情の警備員に軽く挨拶してエレベーターに乗り込む。五階のオフィスに入ると営業所長の杉沢明彦が一人でパソコンをいじっていた。

「所長、急な用って何でしょうか？」

　杉沢が管理職用デスクから顔を上げる。

「誰もいないから少し時間いいか？　例の件だ」

「事件のことですか」

「そうそう、それそれ。ミーティングコーナー行こうか」

　返事を待たずに杉沢が席を立つ。眼下の国道をひっきりなしに車が行きかう。ブラインドシャッターを下ろしてから杉沢が神農の前に座る。

「事件だけど、その後どうなの。事情聴取は今でもあったりするのか？」

「聴取もなにも……。あの時に聞かれて以来、警察からは連絡ありません」

「そうか、偶然の発見者だということは分かってるんだが、行動には十分気をつけた方がいいぞ」

「と、言いますと？」

「早い時間にアポなしで二人組の刑事が訪ねてきた。一人は女性刑事だったが、小一時間ほど色々と聞かれたよ」

「何を聞いていきました？」

「薬品メーカーMRのルーティンワークや、神農個人の担当地区や医療施設とか細かいところまで聞いていった」

ＭＲ（Medical Representative　医薬情報担当者）は薬品会社に勤務する医薬品情報提供担当者で、医薬品の品質・有効性・安全性などに関する情報の提供・収集を主な業務として行う職業だった。

「気分悪いですね、警察の連中に痛くもない腹を探られて」

「悪く言ってないから、仕事の仕方や業務成績について褒めておいたから」

「ありがとうございます」

皮肉っぽい礼を無視して杉沢が続ける。

「これは悪く思わないでほしいんだが、社員が勤務時間内に重大事件等に遭遇した場合、管理職は大阪本社総務部に報告せざるを得ないんだ。総務部長から今後の労務管理の件で、近いうち神農に連絡があるそうだ」

「私は死体発見者の一人であって、殺人現場を見たわけではありませんよ」

「それは分かってる。ただ会社が言いたいのは」

杉沢が一息ついて続ける。

「MRは一種の外勤営業職だから、会社規定の勤務時間に関係なく働いたり休憩することもある」

神農が語気を強めた。

「あの時は午前十時過ぎに、単にトイレ休憩してただけですよ」

「行動を疑ってるわけじゃない。ただ、行動は今まで以上に慎重にしてくれ。自分で自分を守ることにもなる。それと営業車のドライブレコーダーをGPS機能と車内撮影機能付きの最新機種へ更新することになった。これは事件とは関係なく、労務管理のために以前から導入が決まっていたことだ。整備工場から連絡があったら早めに取り付けてくれ」

釈然としない表情の神農と杉沢のあいだに微妙な空気が流れる。

「ただいま戻りました！」

硬直した雰囲気を甲高い女性の声が切り裂いた。ドアを開けて入ってきたのは新人女性

ＭＲの木村《きむら》沙也《さや》だった。その場の雰囲気を察した沙也が二人を交互に見る。

「お話し中、お邪魔でしたか？」

「木村か、話が終わったとこだから大丈夫」

「ならいいんですけど。この後の同行訪問の時間までデスクワークしていても大丈夫ですか？　四時の南東北記念病院長アポ面会、講演会の座長依頼の件ですけど神農さんも行きますよね」

沙也が神農の顔色をうかがう。

「座長依頼の必要書類は準備できてる。病院の駐車場で待ってるから、着いたらスマホに連絡くれ」

足早に営業所オフィスから神農が出ていく。その後ろ姿が消えるところまで杉沢は凝視していた。

6

志田浜周辺には警察捜査員が大量動員されていた。凶器などの証拠品と遺留品の捜索が鑑識を中心にして大勢の警察官によって行われた。湖畔の砂浜とレストハウス駐車場の足跡やタイヤ痕は風雨の影響による不明瞭なものが多かった。岸近くでは小型ボートに捜索員が乗り込み警杖で湖底を探り、湖岸から離れたところでは水上警察隊の潜水ダイバーによる探索がなされた。

早朝から夕方まで捜査員らは事件に関係する物を探したが、これといった目ぼしい物証は見つからなかった。日没が懸念される時刻となり翌日以降も行うことにして、この日の捜索は打ち切られた。

以降も天候状態を見ながら捜索が数日にわたって行われ、捜索範囲が湖を取り囲む地域全域に拡大された。周囲に点在する集落や湖畔公園、釣りスポット、湖水浴場、公設私設の船舶マリーナ数か所についても捜査が行われた。だが、いずれも事件に関係するような有力な情報は得られず遺留品類は見つからなかった。

郡山市、猪苗代町、会津若松市周辺においてスーツケース取り扱い販売店での購入履歴捜査と同時に、首の切断に使える刃物類についてホームセンターや刃物を扱う店において購入の捜査が行われた。だが、これらについては三市町以外の可能性もあったことと購入時期も不明だったため、購入者につながるような有力情報は得られなかった。

7

特捜本部で夜の捜査会議が開かれていた。南雲管理官が立ち上がると着座の捜査員一同が注目する。南雲の目配せで最前列の捜査員がノートパソコンを操作すると、ＰＣプロジェクターから前方スクリーンに写真が投影された。目を閉じた女性の頭部、正面からの写真画像。

「県警、警察庁においてＤＮＡ鑑定識別、データ照会などを行っているが、個人特定情報は今のところない。捜査班は引き続き、犯人に結び付く捜査情報の入手に全力で取り組んでもらいたい」

俯瞰的な捜査状況確認が終わり、全体的な捜査会議が終了した。猪苗代湖での遺留品捜査にかかわった警察官の多くが退出していく。

だいぶ人がはけた会議室に黒田班だけが残った。黒田が捜査班員に意見を求める。

「この事件について、今のところの皆の見立てを聞かせてくれ。猪苗代湖は観光のイメージが強いから我々の眼も観光地的な場所に向きがちだが、人が出入りしにくい場所もある。それも頭に入れて考えてみよう。殺害の場所と頭部切断の場所が同じなのか違うのか。スーツケースに入れてから移動させたとすれば、その運搬方法。湖に投棄されたとすれば、その場所と理由。志田浜にスーツケースがあったのは偶然なのか必然なのか。これらに何らかの意味や犯人からのメッセージが含まれているのか、いないのか」

塚本が口火を切る。

「トリアゾラムで眠らせてから殺すのは計画的ですが、薬の出どころを追うのは発売時期も古いしジェネリック品もあるから難しい。頭部切断に使用した凶器の種類も幅がありすぎる。殺害現場がどこかはまだ分かりませんが遺体の入ったスーツケースを遺棄するには、志田浜は人の出入りがありすぎるような気がします。交通量の多い国道からそんなに離れていないし、秋終わりの時期は夏より少なくなるが観光客の出入りもある。逆に考えると車で立ち寄りやすいとも言えるし、足跡や車のタイヤ痕も紛れやすくなる。計画的と考えると防犯カメラのあるなしは下見していたかも」

五十嵐が続く。

「遺体をスーツケースに入れるのは珍しくもない。ただ、湖畔でスーツケースは目立つ。深夜から朝方にかけての人目の少ない時間帯に放置か、あるいは湖のどこかに投棄したものが流れ着いたのか。もう秋の終わりで猪苗代湖のマリーナは使えなくなっている時期だ。マリーナ管理者に出航届を出せないから、モーターボートや水上バイクは普通は使えないし、手漕ぎボートで浜と沖を行き来するのも厳しい気がする」

片手でスマホ画面上の指を素早く動かしていた亜寿佐が加わる。

「今、検索してみたんですが、県条例で船舶施設の利用可能期間は十月の第二日曜日まで。施設への積雪や結氷、寒冷や荒天による水難事故、白鳥保護などの理由もあって、今年だと十三日の日曜日。事件発生日から一週間以上前に終わっています」

青木が腕を組みなおす。

「単独か複数かにもよりますが、よほど慌てていたか土地勘がなく、湖近くで車を停めやすくて捨てやすい場所を選んだのでしょうか。普通はもっと発見されにくい場所、例えば車で山中とかに投棄しませんか。周りには捨てやすそうな山道も多いです」

猪苗代署の坂下が補足する。

「猪苗代湖周辺の山には、かつては大型家電の不法投棄で問題になった場所もあります。普通はそっちのほうが捨てやすい」

会津若松署の三島が手を挙げた。

「猪苗代湖は県中央部で広範囲から来やすいですしね。周回道路もあって一周できるし、会津方面からでも国道２９４号線を使って湖の西岸から南岸、それから回り込んで東岸の志田浜に行くのは難しくありません」

それぞれに意見を放つ捜査員らを横目に黒田が話を展開する。

「捜査上の課題は山積だが、マルガイの身元確認も重要な糸口だ。これは管理官から聞いたばかりだが、県警本部は公開捜査に踏み切るようだ。似顔絵捜査員が遺体写真をもとに顔を描くと聞いた」

班会議が終わりになるだいぶ前から広い会議室は閑散としていた。

8

一階休憩コーナーのテーブル前に座る黒田の横に、自動販売機から取り出した缶コーヒー二本を手にした青木が座る。

「クロさん、ブラックと微糖どっちにします」

黒田がブラックを受け取り、青木が微糖を開缶して口につける。急に靴音がし、その方向を見ると丸メガネをかけカメラマンコートに黒革ショルダーバッグを袈裟懸けにした中年男性が近づいて来た。

「猫野郎か……」

黒田の声を聞きとめた男は、地元福島県の月刊財界誌『福島あけぼの』の取材記者、猫《ね》塚《こ》忠助《づかただすけ》だった。

「黒田警部、聞こえましたよ。野郎じゃなくて塚ですから」

空いていた椅子を引き寄せると遠慮なく黒田の向かいに座る。

「猫ちゃん、取材許可は取ってるの。財界誌には畑違いの事件だろ」

「ここは正面玄関のロビーですよ。誰が出入りしても文句はないでしょ」

「相変わらず口の減らないやつだ。ところで、猫ちゃんとこは県警本部の記者クラブに入ってなかったっけか」

「それ、いつもの皮肉ですか？　一応は会員登録社で出入りしてますけどね。今日も広報文を配布されてから広報室長との質疑応答がクラブ室であったばかりですけど新情報があまりなくて。うちくらいの月刊誌が大手の新聞社やテレビ局と同じ内容だと読者は納得しませんから。独自に事件の現場近くを取材したついでに寄ってみただけです」

「ついでに？」

「あ、つい口が滑りました、すいません。ところで、こちらの若手刑事さんを紹介してもらえないですか」

コートのポケットから名刺が取り出された。

「財界誌『福島あけぼの』の記者、猫塚と申します」

使い回しされたような歪んだ名刺が差し出され、受け取った青木が挨拶した。

「郡山北署の青木です。よろしくお願いします」

「名刺はもらえないのかな？」

「刑事の名刺は、誰彼渡さないように言われてますので」

「警部の教育がいいんだ」

「いえ、警察学校で習いました」

猫塚が鼻白んだ。

「あ、そう」

黒田が笑いを噛み殺していた。

「ところで警部、『美人女性ヌード殺人事件』の捜査は進展してます？」

「誰から聞いたか知らんが、何だその『美人女性ヌード殺人事件』てのは」

「うちの誌で来週の地元新聞に広告出すときの見出しです」

「さすがゴシップ誌だ、刺激的にやるな」

「ゴシップ誌じゃないですよ、財界誌ですから。福島県の財界と経済界の情報プラス社会記事の月刊誌です」

「売らんがためのスキャンダラスな広告打つのもいい加減にしておけよ。それに美人かどうかなんて誰が決めるんだ。セクハラで訴えられるぞ」

「大丈夫です、死者は訴えませんから」

「今は残された家族がいれば訴えられる時代なんだよ。場合によっては俺が訴えるぞ」

横で聞いていた青木が口からコーヒーを吹き出した。猫塚の丸メガネのレンズに茶色い雫が飛び散っていた。

9

猪苗代町出身の医学博士、野口英世の記念館前を過ぎ、猪苗代湖に沿って国道49号線を西に会津方面に向かうと翁島《おきなじま》港が左側にあった。観光遊覧船も停泊する港の手前丁字路交差点を右折して林間の上り坂に進入すると、小高い丘の上に目指していた梅原医院があった。駐車場は赤や黄色の紅葉が進んだ雑木林に取り囲まれており、奥には白いＢＭＷセダンと赤い軽自動車が置かれていた。駐車場を囲む樹々の隙間からは猪苗代湖の湖面が垣間見えていた。

梅原医院は白ペンキ外壁のレトロな二階建て洋館風木造建築だった。入口の診療案内板には医院名の他に内科・産婦人科・小児科の診療科目と開院時間の表示があり、休診は日曜祝日と土曜および木曜の午後だった。厚い板ガラスをはめ込んだドアを開けると玄関左に受付窓口があった。床板や壁にしみついた消毒薬の匂いが鼻を衝く。

営業カバンを持った神農が玄関先から続く廊下に上がり、脱いだ革靴を下駄箱のスリッパと入れ替えると受付小窓の奥から声がかかった。

「ハウゼンさん、先生が待ってたよ。午前診療があと一人で終わるから待合室で待ってて」

声の主は受付兼看護師の中年女性、柿野亜矢子《かきのあやこ》だった。

木曜日午前診療の最後の親子連れの診察会計が終わると小窓が閉められ、足音がパタパタと遠ざかっていく。少し間があって廊下奥の部屋のドアが開いた。

亜矢子の手招きに廊下を進むと、壁沿いに正装洋服姿の額装写真が二枚掛けられており、フレーム真鍮板に歴代院長名が刻まれてあった。手前の写真には『初代院長　外科医学博士　梅原市太郎』とあり、奥の写真には『二代院長　産婦人科医学博士　梅原徳太郎』とあった。セピアカラーに変色したモノクロ写真は現院長の梅原光一郎《うめはらこういちろう》で三代目となる家系図だった。

診察室を通り過ぎて院長室のドアをノックすると男性の声が入室をうながした。中では白髪で長身痩躯の梅原光一郎が応接ソファに座りコーヒーを飲んでいた。

「神農君か、来るのを待っていたよ。まあ、座って」

ソファに座り室内を見渡すと壁には数点の裸婦油絵が飾られていた。テーブルの対面に座る梅原が口を開いた。

「猪苗代湖で遺体を見つけたらしいって噂を聞いたけど」

「先生も耳が早いですね。その噂、どこでお聞きになりました？」

「昨日の夕方、商談に来たカシオペアの鈴木君から聞いた。志田浜近くにいたから騒動を見に行ったら、神農君が警察から事情を聞かれていたと」

「野次馬の中に兼造《けんぞう》さんもいたんですか。見られていたとは……」

鈴木兼造は全国展開している医薬品卸会社『カシオペア・メディスン・ホールセラー』郡山支店のベテランMSだった。MS（Marketing Specialist 医薬品卸販売担当者）は薬品メーカーから仕入れた医薬品および医療材料等を流通させ、価格交渉も行う医薬品卸会社の営業職だった。同じ猪苗代地区担当で神農と鈴木は日頃からビジネスパートナーの関係にあった。

「言える範囲で情報提供してくれ。ちょっと興味があってね」

「本当に言える範囲になりますがいいでしょうか。警察からも指導されていまして」

「もちろんだとも」

「それでは……」

躊躇しながらも神農が語りだした。

「トイレ休憩で立ち寄った志田浜レストハウスの裏で偶然見つけました。先に見つけたのはインバウンドで来ていた台湾からの家族なんですが」

「ショックだったかな?」

「事件の死体を見たことは初めてで、しかも首が切断されていて……。ショックで三日間くらいは食欲ありませんでした」

「まあ無理もない。それで、その際に警察の取り調べとかあったの」

「現場での事情聴取くらいですね。二日後に刑事さんが会社に来て、上司に私のことを聞いていったようです」

「ところで、これ殺人事件だろうけど犯人についてどう思う？」

「さあ……、まったく分かりません」

「そうだろうな、君が殺したのなら分かるんだろうけど」

「えっ！」

神農がギョッとした表情をした。

「これは悪い冗談だったかな」

「先生、勘弁してくださいよ。ひど過ぎます、事件以来3キロ痩せたんですから」

「それ以上痩せたんじゃ大変だ。今日は忙しいけど、また用件があったら来てみてよ。薬剤パンフレットは置いてってくれ、見とくから」

パンフレットを置いて神農が退室していく頃、院長室から見るガラス窓の外は深い霧に包まれていた。医院正面に『診療終了』の立札が出された。院長室の洋服掛けポールに白衣をかけ勝手口から出ると、梅原はサンダルに履き替え敷地奥の土蔵に向かった。

土蔵入口でスリッパに履き替え二重扉を通って中に入ると土蔵内は薄暗かった。照明スイッチを上げると裸電球が光と影を床板に作り出した。

完成した絵と描きかけの絵が混在してイーゼルと壁に立てかけられ、油絵具や筆、ペインティングナイフが木机に所狭しと並べられていた。土蔵はカルテ他書類などの倉庫として使われるのと同時に、絵を描くためのアトリエでもあった。

チューブからパレットに絵の具を絞りだして絵筆を取ると梅原は描きかけの絵に向かった。全裸の女性が椅子に腰掛けポーズをとった未完の絵の上で絵筆が動かされる。

アトリエに亜矢子がトレイに載せたコーヒーを持ってきた。深煎り豆で淹れたコーヒーの苦甘い香りが土蔵内に漂った。

10

事件発生から四日後、週末になって特捜本部が事件の公開捜査に踏み切った。似顔絵を警察庁と福島県警のホームページに載せ、マスコミにも全面公開した。

週明けの月曜午前になって身元が割れた。東京警視庁の町田警察署に失踪疑いで行方不明者捜索願が出されていた女性だった。

翌火曜日の朝、捜査会議が猪苗代署大会議室で行われ、南雲管理官が捜査状況報告を行っていた。

「遺体はメトロポリス東京バレエ団所属のバレリーナ、緑川優歌《みどりかわゆうか》さんと判明した。本件採取DNAと自宅マンションから採取された毛髪などのDNAとが一致した。メトロポリス東京バレエ団に問い合わせると、緑川優歌さんは女性、独身、平成七年、1995年の一月十三日生まれ、二十四歳の団員バレリーナ等の情報も得られた」

バレエ団ホームページ団員紹介画像が前方スクリーンにPCプロジェクターから投映された。五十嵐が映像を見てつぶやいた。

「こんなスタイルも良くて綺麗な子が……」

隣に座る亜寿佐が露骨に嫌な表情を見せた。五十嵐はそれには気づかず南雲の報告に集中していた。

「マルガイの緑川優歌さんは死亡推定日時の十月二十日日曜日の前日、十九日土曜の夜、所属するメトロポリス東京バレエ団秋期公演出演者による食事会に参加。それから町田の自宅マンションに一旦帰宅。その翌日、何度か部屋を出入りした後に外出。それ以来、帰っていないことがマンションの防犯カメラによって確認された。週明けになっても定期公演レッスン初日にも姿を現さず、連絡のない無断欠勤だったため心配した団員らが心当たり先に連絡しても行方は知れず、連絡が途絶えてから二日後にバレエ団事務局から町田警察署に相談があった。町田署警官とマンション管理人による自宅確認が行われたが、部屋は乱れた様子はなく事件性の判断もつかなかった。現在、県警本部の情報分析課から警視庁捜査分析支援センターへマンション周辺の各種防犯カメラ解析を依頼している。なお、東京町田市に本部のあるメトロポリス東京バレエ団について出張捜査を行うことを決定した。捜査員は班長の黒田警部を含めての二名。他一名の人選は黒田警部に一任する」

腕組みしたまま前を見つめる黒田に専従捜査班員の視線が集中した。結局、バレエ団所在地に近い私立大卒だった青木が土地勘を考慮して選出された。

11

捜査会議終了後、黒田と青木は間を置かずにJR郡山駅から東北新幹線、小田急線を二時間半乗り継いで町田駅に降り立ち、その日の午後にメトロポリス東京バレエ団本部を訪れた。

1960年、昭和三十五年に発足したメトロポリス東京バレエ団は創業者理事長である実業家の烏丸宗雪《からすまむねゆき》が亡き後、娘である烏丸雪乃《ゆきの》が二代目理事長として君臨していた。バレエ団は理事長の雪乃が元バレリーナであるがゆえに、前理事長が一人娘の夢を叶えるために創設したとも噂されるバレエ団だったが、今では日本をも代表するバレエ団となっていた。

白髪オカッパに大きなフレームのメガネをかけた雪乃に対面して、理事長室中央の応接セットに二人の刑事が座る。黒田が話を切り出した。

「緑川優歌さんのことに関してですが、何か思いあたることはありませんか？」

口をつけていた白磁のティーカップを雪乃がソーサーに戻す。

「さあ、どうでしょうか……。年末の定期公演では彼女には重要な役柄をあてるつもりでいましたし、このことは内々に伝えてありました。あの、もう少し状況をお教え願えませんでしょうか？」

黒田は発見された状況について説明したうえで質問を続けた。

「バレエとか役のこと以外に、優歌さんが悩んでいた様子など変わったことはありましたか」

「さあ、プライベートのことは分かりませんし干渉もできません。むしろ、個人的な悩みがバレエの演技に影響するようではバレリーナ失格ですわ。もう、よろしいかしら。これから理事会もありますので。優歌さんのことでバレエ団が把握している個人情報については、この後にでも団事務局に寄っていっていただけますかしら。職員には警察の方へ協力するよう言ってありますので」

黒田が名刺を差し出す。

「他に何か思い出したら、いつでも私まで連絡お願いします」

雪乃が名刺を受取らなかったため、黒田は応接セットのテーブルに名刺を置いて席を立った。

事務局に向かう途中、レッスン室の前を通り過ぎるとレオタード姿のバレリーナたちがバーレッスンをしていた。青木が黒田に不満をぶちまける。

「あの婆さん、失礼過ぎますよ。名刺を受取らないなんて常識的にありえないですよ」

「俺も、そう思う」

「何様だと思ってるんですかね」

「まあ、興奮しないで」

「興奮なんかしてませんよ」

「それが興奮してるって言うんだ」

「だから、してませんて！」

話しているうちにも記憶がよみがえるのか、青木の声が段々と大きくなっていく。

「あの……、刑事さん」

女性のか細い声に青木が大きな声をあげて振り向く。

「何か！」

振り向いた先にレオタードを着た女性が立っていた。

「あ、失礼しました」

青木があわてて女性に謝る。

「優歌さんのことなんですけど……」

黒田が警察手帳を提示する。

「お名前お聞きしても大丈夫ですか」

「団員の玉野香織《たまのかおり》です」

「それで玉野さん、緑川優歌さんのことで何かご存じなんですか？」

香織は辺りをはばかるように見回し、廊下に誰もいないことを確認してから話し出した。

「優歌さん、いつも孤高の人で、どちらかというと団内でも浮いた存在なんです。でも、あたしも同じ町田育ちで優歌さんの一つ歳下で、メトロポリス東京バレエ団のジュニア教室のときから知っていました。だから優歌さんとは割と親しくしていたほうなんです。たまにはレッスン帰りにご飯一緒してました。そんな時に優歌さんが自分の生い立ちを、ふと漏らすことがあって……」

小声で喋っていた香織が、さらに声をひそめた。

「刑事さん、知ってました？　優歌さん、児童養護施設出身で、そのことを本人が気にしていたことを。ご両親は今は亡くなっていますが、二人とも五十歳を過ぎてから五歳の優歌さんを引き取られたと聞いています」

「五十歳を過ぎてからの養子縁組だと、よほど経済的な裏付けがないと難しいはずですが」

黒田が聞き、青木が手帳に内容をメモする。

「ご両親がメトロポリス東京バレエ団のパトロンだったくらいしか、あたしには分からないんです。七十歳くらいで、お二人ともご病気で相次いで亡くなられて。財産が多かったみたいで、優歌さんは前にも増してお金持ちになったんです。お金があると知れると他の団員から借金の相談なんかもあったりして」

「団員から？」

「はい、そのことで優歌さん、悩んでいた時期もあったんです」

「お金のことで？」

「お金そのものよりも人間関係でギスギスして。だから優歌さんも一時はひどい落ち込みようで」

香織が顔を上げる。

「事件のことをネットで見たら全部が本当とは思わないですけど、性的暴行とかバラバラとか、ヌードモデルやってたとか、AV出演とかいろんなこと書き込まれてました」

「捜査情報に関することは現場の刑事は言えないですが、AV出演とはこれまた極端ですね。でも、それらはフェイクニュースみたいなもんだと思いますよ」

香織が急に話を止めた。廊下の向こうから雪乃が歩いてくるのを見とめた青木が素早く名刺を出して香織に渡す。香織が両の手の平をお礼をするように胸の前で素早く合わせる。手の平の間には名刺がはさまっていた。無言でレッスン室に戻っていく香織の背中が青木には眩しく見えた。

雪乃が廊下で追いつかないうちにと、二人の刑事は団事務局に急いだ。優歌の個人情報を入手した黒田と青木は、その足で町田市内の優歌のマンション、両親と暮らしていた家などの周辺情報の聞きこみに向かった。家はもともと母の恵以子《けいこ》の実家だったが、すでに人手に渡っていた。父親の雅史《まさし》が郡山の出身なのも判明した。

12

夜の捜査会議で出張捜査から帰ったばかりの黒田が報告していた。血管系疾患で相次いで亡くなった緑川夫妻の死後に町田の自宅は売り出され、すでに人手に渡っていた。当時のことを知る近隣住民への聞き込みによって、夫妻は東京の薬科大学の同級生で学生結婚ということも分かった。緑川雅史は若くして、実父が社長をしていた郡山本社の医薬品卸会社『緑川薬品』の副社長になったが、妻の恵以子が実家のあった町田を離れたがらなかったため、東京から郡山まで新幹線通勤する生活を亡くなる間際まで続けていた。優歌が郡山の児童養護施設から養子縁組で緑川夫妻の子になったのは近所でも噂程度では知られていた。

町田での教育がなされた優歌は本人の希望で七歳から地元町田を本拠地とするメトロポ

リス東京バレエ団ジュニアバレエスクールのレッスンに通うようになった。その後にメトロポリス東京バレエ団に正式入団したこともあってジュニアスクール代表が当時のことを憶えていた。プリマバレリーナになれる素質を持っていた子で早い段階から目立っていたとも。

黒田の出張捜査報告が終わると南雲から児童養護施設についての捜査指示が出されて会議は終了となった。

13

郡山市内の児童養護施設への照会が行われ、ほどなく優歌が幼少時代に過ごした施設が特定された。翌日の昼前、五十嵐と亜寿佐が郡山市役所に程近い郡山市立児童養護施設『あさか園』を訪れていた。

対応に出てきたのは熟年男性で副園長の野瀬《のせ》三郎《さぶろう》だった。小柄で痩せた野瀬が施設内電話で連絡し、二人の刑事を園長室に案内した。

「矢祭《やまつり》と申します。十年前からは園長もしております」

白髪交じりのロングヘアを後ろでまとめた高齢女性と二人の刑事が名刺交換をする。

「緑川優歌さんの件ですね。まあ、どうぞ座ってお話しいたしましょう」

テーブルをはさんで刑事と園代表者らが応接ソファに座る。園長の矢祭真知子は地元短大を卒業後、児童養護施設の勤務歴四十年になる市職員だった。

応接セットに対面して座り五十嵐が主に質問役で亜寿佐が書記役を務めた。

「六歳未満の児童の場合、特別養子縁組について里親の厳密な年齢規定はないが、養子が成人したときの里親の年齢が六十五歳未満であることが望ましいの内規があると？」

「さきほど説明したとおりです」

「優歌さんが五歳当時ですが、雅史さんと妻の恵以子さんはともに五十一歳で微妙ですね。誕生日で多少前後しますがオーバーしている」

「刑事さん、あくまでも内規は原則です。年齢は多少いってる方でも強い要望とか経済力があれば、私どもが拒否する理由はありません」

「経済力ね……」

五十嵐の一言に園長が顔色を変えた。

「経済力があって何が悪いんでしょうか。刑事さん、もうお調べ済みかもしれませんが、雅史さんのお父さんは郡山の薬品問屋の社長さんでした。雅史さんも当時、二代目としての副社長でした。緑川親子は郡山経済界でも名士で通るような方たちでした。確かに緑川ご夫妻は里親としては年齢がいっていました。でも、決断の大きな理由は何よりも夫妻が熱心に希望されたからです。それと、もう一つ。五歳ながらも優歌さんの希望も強かったんです。いわば、相思相愛の関係が出会いの早い段階から形成されていたんです。人と人ですもの、相性というものもあります。不幸にして相性が悪くて、後々施設に戻ってくる児童もいますが、優歌さんの場合はよほど緑川夫妻との相性が良くて、それは幸せそうに見えました」

「縁組後に面談とか様子を見にいきましたか?」

「何度か家庭訪問的な面会はしましたし、大人になってからは優歌さんのほうから突然訪ねてきてくれたこともありました。用事があって近くまで来たからって」

亜寿佐が五十嵐に目配せする。園長室のドアの隙間から何人かの子どもの瞳がのぞいていた。野瀬副園長がその方向を振り向くと、黒くつぶらな瞳の持ち主たちはキャッという歓声とともに蜘蛛の子を散らすようにいなくなった。

14

県警本郡から連絡があり、昼近くになって特捜本部に五十嵐と亜寿佐以外の黒田班五名が集合した。ラフなジャケット姿の男性が黒田の隣に着座する。

「情報分析課の千代田課長からの報告を聞いてくれ」

情報分析課長の千代田利津《ちよだりつ》がパソコンとPCプロジェクターの線をつなぐ。

「最初の入手画像は十月二十日の日曜日、マルガイのマンション管理人室前だ」

緑川優歌住居マンション入口の防犯カメラの解析画像がスクリーンに投影された。キャメル色コートに同色マフラー、ブラックのロングスカートとブーツ、高級ブランドのショルダーバッグを斜め掛けした優歌。

「防犯カメラ・リレー捜査とスマホGPS位置情報を解析すると、失踪当日に自宅マンションを出た優歌は小田急線町田駅から新宿に出た後にJR湘南新宿ライン経由で大宮に向かっている。次の画像は新幹線JR大宮駅構内だ」

同じ装いの優歌が手にネイビーブルーのキャスター付スーツケースを引いていた。

「スーツケースは優歌のもの？」

「殺されて自分のスーツケースに入れられたのか！」

「どこでスーツケースを手に入れた？」

「中には何か入っていたのでしょうか？」

その瞬間、驚きと疑問の声が複数の捜査員から漏れ出たが千代田はかまわず続けた。

「画像の通り、入れられていたスーツケースは自身所有の物だ。当日、大宮駅ファッションビル内のカバン専門店『モリオカ』で本人名義のクレジットカードで購入したのが分かっている。その後、ＪＲ大宮駅から十時三十七分の東北新幹線やまびこ8号に乗っている。ＪＲ郡山駅で十一時四十四分着に降り、駅構内から駅前広場に出た。画像では、その先が途絶えている。郡山駅周辺の防犯カメラ映像やタクシー会社らのドライブレコーダー記録などの協力もあおぎながら捜索している。捜査令状をもとに契約携帯会社からＧＰＳ位置情報、通話記録、メール、検索履歴などの情報提供を既に受け随時分析している。先に分析が終わったＧＰＳ位置情報では駅を出てからの先が分かった。郡山駅から市街地道路を通って西の猪苗代湖方面に向かっている。途中、市郊外の郡山西流通団地入口にあるコンビニエンスストアに五分程度滞在している。コンビニの防犯カメラにコートとマフラーは身に着けていないが優歌と思われる女性がドリップコーヒーを二つ買う様子が記録されている。残念ながら乗り降りする車の映像がカメラの死角だったせいか記録されていない。そこから国道49号線を通って、最終的に猪苗代湖志田浜周辺で電波が途切れている。そこでスマホの電源が切れたか切られたか、またはスマホが破壊されたと推察される」

黒田が引き取った。

「コーヒーが二つということは当然もう一人が車内にいた。車がカメラに映っていないのは駐車場端の死角に意図的に駐車したからとも考えられる。駐車場の形状や面積の関係で１００パーセントをカバーするのは無理がある。スマホのＧＰＳ位置情報が志田浜周辺で途切れているとすれば志田浜が殺害現場と考えるのが普通だ。優歌以外のもう一人が犯人、もしくは犯人以外に最後に会った人物の可能性が高い。明日、再度だが志田浜周辺での遺留品捜査を行うことにした。スマホ、バッグやコート、マフラーなどを重点的に探すことになる。それと、もう一点の示唆が千代田課長よりあった」

捜査員たちが声もなく、千代田の報告に聞き入っていた。

「優歌が立ち寄ったコンビニ近くには緑川薬品の本社がある点も事件に関係するかもしれない。緑川薬品は優歌の叔父にあたる緑川正一《しょういち》が社長を務める薬品卸だ。緑川薬品と正一の基本情報をスマホに転送しておいたので捜査に役立ててほしい」

捜査員らの表情は多様で眉間に皺を寄せる者、頭髪をかきあげる者、口元をおさえる者、腕を組む者など皆それぞれだった。

15

午後、黒田の指示で塚本と坂下が郡山西流通団地の緑川薬品本社を訪れた。西流通団地は郡山市が東北自動車道開通に合わせて市西部郊外に整備した土地だった。東北自動車道と磐越自動車道が十字に交差する郡山インターチェンジに近いことから広域アクセスも良く、その利便性から運輸や卸業などの流通関係企業が多く入居していた。緑川薬品本社はその複数区画を占め、三階建本社ビルと大型倉庫や配送センターを所有していた。

保冷機能を持った配送車や薬品メーカーから納品の大型トラックがひっきりなしに敷地を出入りしていた。来客用駐車場に覆面パトを駐車させると、正面入り口横の役員専用駐車スペースに黒塗りのメルセデスSクラスが停められ専属運転手が車内を掃除している最中だった。

受付女性に要件を伝えると総務課長の橋本雪雄が応対に出てきた。社長の緑川正一は出社しているが薬品メーカー幹部との商談中で、聞いてみないと分からないが十七時を過ぎないと面会はできない旨を伝えられた。二人の刑事は待たせてもらうことを伝えて休憩コーナーに待機した。時折、事務制服を着た女性社員が気を利かせて淹れてきたお茶を飲みながら二時間経過した頃、役員室から内線電話があり社長室へと通された。

緑川正一は頭髪のやや薄くなった恰幅のいい体をダブルのスーツで包んでいた。刑事らを応接セットに招いた正一が口を開いた。

「優歌のことはこれまでの人生で最大のショックだよ。警察から連絡があったときは、まさかと思ったが。彼女が事件に巻き込まれて死ぬようなことになるとは予想もしなかった。遺体の引き取りを電話した件で来たのかね。元気なころの優歌の思い出を残しておきたいから最後の別れをするのも気も進まんが、未婚で他に縁者もいないし私が供養して雅史と同じ緑川家の墓に入れるしかないだろう。ことが事だけに葬式も質素にせにゃならんのが口惜しいが……。それで、いつ引き取れるんだ」

一気呵成に大声で喋る正一の迫力に負けまいと塚本が腹筋に力を入れた。

「緑川社長、このたびの優歌さんのご不幸に際しまして、まずはお悔やみ申し上げます。福島県警としましても全力で事件の解決、犯人逮捕に向けて誠心誠意全力で取り組んでいますことは、ご理解いただけますようお願い申し上げます。優歌さんのご遺体に関しましては明日以降に県警総務課より詳細な連絡の予定ですので、ご了解いただけますでしょうか」

目前の椀の茶を正一が口に含む。

「それなら今日は何のために刑事さんが来たのかね」

「事件解決のため、お聞きしたいことがあって参りました。優歌さんと直近で会ったのはいつかご記憶でしょうか」

「さあて……。雅史の納骨の時が最後だから、二年前かな」

「電話かメールなどはどうでしょう」

「私のスマホにメールで一か月くらい前に、次回公演で良い役をもらえそうだから観に来てほしいという送信があった。電話で近況を話したのは半年前かな、その時は変わった様子はなかったが」

「実は殺害されたと思われる日、十月二十日の日曜日の昼頃に優歌さんが御社近くの流通団地入口にあるコンビニに立ち寄った形跡があるのですが」

「何だって……、優歌がこの近くまで来ていたというのか！」

「日曜日ですが、連絡など何かなかったかと」

「郡山に来てたなら、電話でもしてくれたらよかったんだが。会っていれば、あんなことにならなくて済んだのかもしれんのに……」

この後も質問を重ねた塚本だったが、正一はどこか上の空で事件に関係するような情報は得られなかった。

16

夜の捜査会議で亜寿佐が児童養護施設『あさか園』での捜査について報告していた。緑川雅史と恵以子が優歌を引き取ることになった経緯は、子宝に恵まれなかった夫妻からの問い合わせが公的機関にあったのが最初だった。その後、紹介された施設を訪問した際、たまたま施設で優歌と触れ合った。優歌のことを気に入った夫妻は正規の審査手続きを踏んで養子縁組をしていた。報告が終わり、席に戻ってきた亜寿佐を五十嵐がサムアップで迎える。

南雲管理官より県警情報分析課からの捜査情報が整理して示された。遺体の入れられていたスーツケースは優歌本人のもの。複数の防犯カメラ映像から町田居住マンションを出た時は持参していなかったが、途中の大宮駅ファッションビルのカバン専門店で優歌本人がクレジットカードで購入したもの。ポリプロピレン樹脂製の最新型で市販価格五万円。GPS位置情報による足取りでは、町田から大宮経由、東北新幹線で郡山へ移動。JR郡山駅から緑川薬品本社近くのコンビニに立ち寄り。それから猪苗代湖志田浜に向かい、そこで電波が切れている。

その後、坂下より緑川薬品取締役社長の正一から聴取したが、優歌の足取りについては有力情報が得られなかったなどの捜査状況説明がなされ、その日の捜査会議は終了した。

17

木曜日午前の半日診療を終えた梅原医院は週末を臨時休診にしていた。四日間の日程で東京駅近くの国際会議場で開催される産婦人科学会に梅原は出かけた。駐車場からBMWが出ていくのを見送った亜矢子は昼食後に土蔵の掃除にとりかかった。

掃除用品を持って入ると土蔵内は黴臭かった。木棚に積み上げられた古いカルテと机上の絵描き道具に囲まれながら掃除機を稼働させると騒音が響き渡った。吸排気の空気振動で木棚からカルテの大きな固まりが少しずつ傾きだした。床の掃除がもう終わろうとしていた矢先、それが足元に大きく音を立てて崩れ落ちた。カルテが落ちた棚の後ろから人影が動きだした。姿を現した人物を見た亜矢子が驚愕して悲鳴を上げた。

亜矢子の胸元に光り輝く鋭利な外科用メスが突き立てられた。真っ赤な鮮血が飛び散り、流れ出る血液が床に抽象画のように広がっていった。

18

通常の月一回程度の情報提供訪問で神農耕助が梅原医院に着いたのは、金曜日午前終了時間前の午前十一時半だった。医院横には亜矢子の赤い軽自動車が置いてあった。営業車から降り立つと、見込みと違って医院入口は閉ざされ『学会出席のため臨時休診いたします』の張り紙がしてあった。駐車場では落ち葉が冷たい北風に舞っていた。

訪問予定の当てが外れたことで気落ちし帰ろうとしたとき、敷地奥の土蔵の扉が開けっぱなしで入口付近で亜矢子が倒れているのが見えた。神農は慌てて土蔵まで走ったが亜矢子に息はなく、胸から流れ出た大量の血が固まりをつくっていた。

通報によって救急車両と警察車両が多数駆け付け、亜矢子の遺体が運ばれた。医院背後に広がる森で捜索が始まろうとしていた。警察犬が導入され、シェパードが森に獣道を見つけ出した。高低の樹木と熊笹の密集した藪を警察犬を先導にして捜査員が進むと、下の県道まで降りられることが判明した。

道路には冬季の雪道対策で設置されているタイヤチェーン脱着所があり、数台が駐車可能なスペースが確保されていた。警察犬は、ここで匂いが消えたような様子で、周囲を何度か往復してから動かなくなった。鑑識課員が複数の足跡、タイヤ痕、落下物を採取したが、すぐに犯人に結び付くようなものはなかった。

緊急連絡電話番号が受付事務室内にメモとして貼ってあった。猪苗代警察署から連絡を受けた梅原は以降の産婦人科学会予定をすべてキャンセルして帰路についた。

19

猪苗代署取調室で神農への事情聴取が行われた。聴取担当は猪苗代署刑事課の金山吾郎《かねやまごろう》警部補と岩瀬鷹雄《いわせたかお》巡査だった。

取調室の椅子に座る神農の向かいに岩瀬がデスクをはさんで座り、立ち歩きしながら金山が聴取していた。

「もう一度聞きますが、犯人のことは全く見ていない？」

金山がジロリと神農に目を向ける。

「私が行ったのは犯人が立ち去ってから、だいぶ後だと思います。血も乾いていたし、何度聞かれても答えることは一緒ですよ」

「猪苗代湖の首切り事件の実質的な第一発見者もあなたでしょ。短期間に、しかもこれだけ近い場所で二件も殺人事件に関係するのは自分でも変だとは思いませんか」

「嫌な偶然としか言いようがないですよ。好きこのんで死体を見たい人なんかいますか。いたら異常者でしょ」

「犯人でなければね」

「犯人じゃありませんよ！」

いきり立つ神農に聴取が重ねられる。

「あなたは薬品メーカーの営業的な職種だから学会スケジュールなどは把握しているのが普通でしょ。日程を把握していたら休診だとか事前に知っていて、梅原先生が不在とか分かっていそうなもんじゃないですか。院内の張り紙で休診の告知もしていたそうですよ」

「開業されてる先生は複数の学会に所属していることも珍しくないです。普通は学会大会に年に一度参加するくらいで、全ての所属学会に先生方は毎年参加するわけではありませんよ」

「告知の件は？」

「医院訪問といっても通常は月に一度程度ですよ。院内で告知や案内が掲示されていてもタイミングが合わなければ見る機会はないですから」

「なるほどね……。まあ、今日のところはいいでしょう。これは任意だけど念のため神農さんの指紋とDNAを採取させてもらっていいですか」

「俺、そんなに疑われてるんですか」

金山が顔の前で手を振る。

「いやいや、念のためです」

「任意だったら拒否します。どうせ一生、俺の指紋やDNAが警察のデータベースに保管されるんでしょ」

「拒否ね……、それは余り賢い方法じゃないな。無実なら採取されても問題ないだろ。かえってシロだってことが証明されるわけだから。何か提出できない訳でもあるの」

「提出できない訳って、そんなのありませんよ」

「犯罪鑑識官が必要ないと判断すれば、データベースから消去もできるから」

「どうなれば必要ないと、その鑑識官が判断してくれるんですか？」

「そんなこと、俺らには分からんわな」

結局、神農は渋々、指紋とDNAの採取に応じた。

神農が退出した取調室に、まだ金山と岩瀬が残っていた。

「岩瀬、どう思う？」

「ホシの線は薄いとは思います。返り血もないし、彼の乗ってきた営業車のドライブレコーダーにも不自然な画像は記録されていません。巻き込まれただけ、そういう印象は持ちましたが」

「まあ、そうだろうな。それにしても猪苗代でまた殺人事件か……」

金山と岩瀬が取調室を出ていく。

DNA採取を終えた神農が猪苗代署正面入口から帰ろうとして出たとき、ちょうど任意聴取に応じた梅原が入って来た。二人の視線が一瞬交差した。神農が軽く会釈をしたのに対して、梅原はそれを無視するかのように前を向いたまま歩き去っていった。

20

任意の事情聴取を終えた金山と岩瀬が猪苗代署刑事課デスクに戻って意見を交わしていた。金山が捜査ノートを見ながら論点を整理していく。

「梅原医師には完璧なアリバイがある」

同じノートを見ながら岩瀬が事実関係を確認していく。

「事件当日と思われる十月三十一日木曜日、昼十二時半頃に医院を自分のＢＭＷで出発し、猪苗代インターから磐越自動車道経由で東北自動車道に入った。そして郡山インターで降り、ＪＲ郡山駅前のコインパーキングに駐車したのが十三時四十四分。郡山駅から十四時六分発の東北新幹線やまびこ60号に乗車し、東京駅に着いたのが十五時二十四分。到着後、学会会場の東京国際会議場で参加受付したのが十五時四十五分。梅原の供述では、その日の学会終了前に疲労を感じて早めに東京駅前『メトロパレスホテル』に十七時五分にチェックイン。チェックアウトは警察から事件連絡後の翌十一月一日金曜日の十三時十三分。ホテルに時間記録も本人確認もとれている。その後、直近の新幹線とマイカーで帰院」

「自動車道、コインパーキング、郡山駅、東京駅、学会受付、ホテル、ほぼすべての防犯カメラに本人または車の映像が記録されている」

「金山さん、アリバイとしては完璧すぎると思いませんか？」

「そこが俺もちょっと引っかかる。まるで殺しが起きることを知っていたかのように。これで短期間に殺しが二件。首切り事件発見者の神農が今回も発見者というのも引っかかる。奴は疫病神にでも憑りつかれているのか……」

「二つに事件に共通する関係者は今のところ彼ひとりですが」

年長の金山が議論をリードする。

「いずれにせよ物取りの線は薄いように思う。金品の盗難は確認されていない。見つかっていない凶器の見立ては細く鋭利な刃物。凶器をあらかじめ用意せず計画性がなくても診療室にはメスなどの刃物類もある。医院入口には鍵が掛けられていたが勝手口は開けられたままだった」

岩瀬が話を受けて続ける。

「動機ですが、強盗の線が弱ければ怨恨。ホシは梅原医師を狙った。木曜午後休診で患者らには見られる恐れはないが、医師は在宅しているはず。だが、学会出席で不在だった。偶発的にホシとマルガイが遭遇して騒ぎになり殺傷におよんだ。梅原医師の安全確保が必要かもしれませんね。今の段階で張り付くのは無理としても地域課に巡回パトロールを頼みましょう」

金山は岩瀬が話終わるのを待ちながら考えをまとめていた。

「特捜の南雲管理官は二つの事件の関連性を探っているようだ。さっき署長から聞いた話だが、事件の展開によっては、この事件も特捜本部に別動隊扱いで組み込まれるようだ。県警本部からも捜査員が増員される予定だ」

「先に坂下さん、今度は金山さんと俺。猪苗代署の刑事課はだいぶ手薄になっちゃいますけど」

「二人ともじゃなくて岩瀬だけと聞いている。いざという時には生活安全課からサポート態勢もあるから心配するな」

「特捜に加わりたいです」

ブルブルッと岩瀬が体を震わせた。人生で初めて経験する武者震いだった。

21

鉄筋コンクリート七階建ての福島県警察本部庁舎は福島市内の官庁街にあり、福島県庁にも隣接していた。

記者クラブ室から取材活動が終わったばかりの地元新聞社『福島新報』社会部記者の佐々木《ささき》南朋人《なおと》が急ぎ足で出てきた。濃紺スーツの上にステンカラーコートの袖を通しながら歩いていると、廊下で刑事部捜査一課強行犯係の巡査部長、塩入《しおいり》温子《あつこ》と出くわした。地元出身高校の一年先輩だった温子はセミロングの黒髪を後ろで一つ結びにした女性スーツの黒が似合うスリム体形の女性だった。

「塩入先輩、お久しぶりです」

「佐々木君、本部内で気安く声かけるのやめてよね。変に誤解する人もいるから」

「何の誤解ですか？　それは、ともかく例の猪苗代の殺人事件、二件目の殺人が起きて現地は大忙し。先輩は特捜本部の応援なんか頼まれてませんか」

温子が一瞬、嫌な顔をした。

「組織の人員配置も捜査上の秘密なのは常識。凶悪犯罪はいつ他で起きるか分からないし、本部の刑事全員が特捜に行ってられないでしょ」

佐々木がその後も何か言ってきたのを無視して、温子は階段を使い県警本部刑事部長室に向かった。呼び出した大山辰則『猪苗代湖殺人遺体損壊遺棄事件』特別捜査本部長は温子に専従捜査班に新たに加わることを発令した。あらかじめ捜査一課長の中原から話を聞いていた温子は、それを厳粛に受け止めた。

22

柿野亜矢子殺害事件の報に接し、特捜本部内も騒然とした雰囲気に包まれていた。黒田班の面々が、その事件について話し合っている最中、南雲管理官が足早に大会議室に入室してきた。

「今から大至急、郡山北署に向かってくれ。猪苗代湖と今回の二件の殺人事件の犯人と名乗る人物が自首したいと北署に来ている」

南雲から事情を聞いた黒田班の刑事らは郡山市内に向かい、間を置かずに金山と岩瀬らも向かった。

事件は急展開した。緑川優歌に容姿容貌がきわめて似た女性、太田花奈《おおたかな》が自首してきた。北署内は異様な雰囲気に包まれていた。

取調室の蛍光灯の下、デスクをはさんで花奈と五十嵐、亜寿佐が対面して座る。部屋には空調の音だけが響いていた。

脂の浮いた赤ら顔の五十嵐に対して、青白い肌の花奈が口を開いた。

「あたしが緑川優歌と、梅原医院の職員を殺しました」

凛とした表情の花奈に正面から直視された五十嵐が睨み返す。

「太田花奈さんとおっしゃいましたね？」

「はい」

「太田さん、あなたが太田花奈さん本人であることは、各種免許証や個人を特定できる手段を各方面で確認している。指紋とＤＮＡ採取にも応じてもらった。最終的な結論は追い出るとして、まずは任意で話をお聞きします」

「それで結構です」

「それでは太田花奈さん、今から聴取を始めます。聴取の様子はビデオ撮影されています」

隣室のマジックミラーから取調室を黒田と青木が見ていた。花奈は職業を郡山市内の総合病院、南東北《みなみとうほく》記念病院の看護師と明かした。

マジックミラーに黒田が顔を近づけ、青木を振り返る。

「双子なのか？　それとも、よく似た姉妹か？」

困惑顔の青木が頭をかく。

「名字が違いますが、一卵性の双子ですかね？　ＤＮＡ鑑定の結果を待つしかないと思います」

「優歌に、というか優歌の写真にソックリじゃないか」

「確かに……」

「凶器はどうなんだ？」

「猪苗代湖に捨てたと供述しています」

制服警官が急ぎ足でやってきた。

「黒田警部、太田花奈のご両親が来ています。とりあえず第一相談室に通してますが、どうしますか」

黒田が警官を睨み返す。

「俺が会う。青木、ついて来い！」

二人の刑事が相談室に向かった。

部屋に入ってきた黒田を見るなり、花奈の母親、太田沙苗《さなえ》が駆け寄る。その後ろを父親の太田広嗣《ひろつぐ》が追いかける。

「刑事さん、あの子が、あんなこと、人を殺すなんてできるわけないんです！」

「太田さんご夫妻ですね。お気持ちは分かりますが落ち着いてください」

「気持ちが分かる？　あなたたちに、あたしの気持ち、いえ花奈の気持ちなんか分かるはずがありません！　絶対に！」

青木がつかみ掛からんばかりの沙苗と黒田のあいだに入る。

「太田さん、落ち着いてください」

「いえ！　言わせてください。花奈は長くは生きられない体なんです。花奈は悪性脳腫瘍に侵されているんです。命の大切さを誰よりも知っているはずです。そんな娘が人の命を殺《あや》めるなんて、そんなことありえません」

その時、壁の電話が鳴った。受話器を取った青木が息をのむ。

「クロさん、太田花奈が取調室で倒れました。今、救急車を呼んでます」

泣き崩れ失神する沙苗の転倒を防ごうとして、夫の広嗣が後ろから抱きかかえる。救急車のサイレンが遠くから聞こえ始めていた。

市内救急病院に緊急搬送された花奈は昏睡状態となった。病院に同行し、興奮していた太田夫妻が落ち着きを取り戻すのを根気強く待って黒田と青木が丁寧に事情を聞きだした。

人気のない照明の落とされた病棟ロビーに四人のシルエットが浮かぶ。

花奈の病状、普段の生活、職場のこと、友人関係、学歴などを一通りと、太田夫妻個々の個人的状況なども一通り聴き取り、その日は帰宅してもらうことにした。沙苗のほうは自宅に帰ることに抵抗したが、広嗣の説得でようやく夫婦は帰路についた。

花奈は郡山市南部に隣接した須賀川《すかがわ》市の市役所職員、太田広嗣と妻の沙苗の一人娘だったが、元々は郡山市立児童養護施設『あさか園』の出身児童だったことが判明した。

23

週明け、二度目の聴取で五十嵐と亜寿佐があさか園を訪れた。園長室の応接ソファで矢祭園長、野瀬副園長と対面して座り、亜寿佐が質問し五十嵐がメモを取っていた。

「優歌さんと花奈さんは、こちらの養護施設で生活していたことで間違いはないですか？」

亜寿佐の質問に矢祭園長が記録簿をめくりながら答える。

「記録では平成九年四月に優歌さんと花奈さんが乳児院から、この施設に入園しています」

「どうして前回は、花奈さんのことを隠してたんですか？」

「隠していた訳ではありません。聞かれませんでしたから」

「なるほど、聞かれなかったから答える必要もないと思ったと」

園長が沈黙してから、おもむろに口を開いた。

「実は緑川の家に引き取られるはずだったのは花奈さんでした」

「それは、どういうことです？」

「緑川夫妻が子どもとのお見合い、今で言うマッチングで来園したとき、候補としていた優歌さんは風邪で寝込んでいて、代わりに花奈さんが緑川夫妻と面談したんです。双子といっても性格は正反対で、花奈さんは次女キャラとでも言うのでしょうか、非常に人懐っこくて誰とでもすぐに遊べたり仲良くなれる子でした。それに対して優歌さんは慎重で大人しく人見知りでした。二人の間では花奈さんがいつもリーダーシップを取っていたように思います。でも、花奈さんは優歌さんをお姉ちゃんとして常に立てていました。二人は棄児《きじ》だったわけで、絆は他人には計り知れないものがありました。当時の園長も内気で人付き合いが苦手な優歌さんをとても心配してました。双子であっても長女と次女という順番も気にしてました。手続きが順調に進み養女になるのが決まった日、前の園長はとにかく迎えに来た新しいお父さんとお母さんの手を新しい家に着くまでは決して手を離さないようにと、何度も言い聞かせていました、優歌さんのほうに……」

「前園長さんからもお話を聞きたいのですが連絡先を教えていただけますか？」

「残念ですが、前園長は昨年十二月に鬼籍に入りました」

「そうですか……。乳児院のほうはどうですか。誰か当時のことを知っていそうな人はいないですか」

「乳児院に聞いてみますけど」

「協力いただければ幸いです」

園長がデスクに戻り固定電話から電話し、相手側とのやり取りが何度かあってから応接ソファに戻った。

「当時在職していた乳児院の保育士が定年後も市内にいるそうです。連絡先も分かりましたので、そちらの方に事情を聞いてみたらいかがでしょうか」

その場から保育士に電話して捜査協力を依頼すると女性保育士からは快諾が得られた。

捜査本部に経過連絡を入れ、リタイアした保育士の聴き取りに刑事らは向かった。

車の発進音がして、野瀬がレースカーテンから窓の外を見ていた。

「また来ますかね？」

園長は、それには答えなかった。園長室の固定電話が鳴り園内連絡のランプが点灯していた。受話器を取ると内線通話で外線からの取り次ぎの打診があり、了解後に通話ボタンを押すと相手が出た。

『矢祭園長でしょうか、突然にお電話を差し上げて大変恐縮です。財界誌、福島あけぼの記者、猫塚忠助と申します。福島県におけます長年にわたる福島財界と公的機関様におけます里親紹介制度の協力関係につきまして、当社の取材にご協力お願いしたく、お電話差し上げました。このことは福島県および郡山市など関係自治体の了解を得ております。できましたら、取材協力のお時間などいただければ幸いに存じます。いかがでしょうか』

猫塚の馬鹿丁寧な取材協力への申し込みを園長は快諾し、アポイント日時を設定した。

24

昼過ぎになって金山と岩瀬が梅原医院を訪問すると『都合により当分の間　午前中のみ診療します。午後は休診といたします』の張り紙が貼られていた。BMWは車庫に格納され、亜矢子の軽自動車は置きっぱなしだった。医院正面玄関は鍵が掛かっていたため横手に回り、住居部玄関から岩瀬が何度も大きな声をかける。

「御免ください、警察です」

ドタドタと廊下を踏み鳴らす足音が聞こえ医院内から返事があった。

「どなた？」

ドアの向こうに声掛けする金山。

「警察のものですが、梅原先生ですか？」

「そうだけど、何の用？」

「柿野亜矢子さんのことで、捜査にご協力お願いしたいのですが」

開錠する音がしてドアが開いた。一段高い廊下から梅原が刑事らを見下ろしていた。

「警察に連絡しようと思っていたこともあったので、ちょうど良かった。事件後の土蔵内を整理していたら、誰かが古いカルテを物色した形跡が見つかったから」

「盗難ですか？」

「もっと調べてみないと盗難かは分からない……。刑事さん、カルテの保管期間は何年か知ってます？　医師法第二十四条では五年ですよ。法的には五年経過したカルテはゴミ扱いだ」

「それにしても古い紙カルテを処分しないで、よく保管してましたね」

「疫学的調査のためだよ。一つの地域住民の病気とか健康状態を長期間にわたって統計調査するもの。祖父が始めて以来、学校検診や地域住民のデータを管理分析している。古いカルテは廃棄処分しないで、明治から令和まで年ごとに整理して土蔵に置いている。荒らされたのは平成七年、父親時代のカルテの一部だ」

金山が手帳をめくる。

「平成七年は１９９５年か……」

スマホ検索していた岩瀬が画面を見ながら補足する。

「その年、一月十七日に阪神淡路大震災。三月二十日は地下鉄サリン事件、五月十六日には教祖の逮捕。激動の一年で世相が揺れ動いていた。その年のカルテが目的だとすれば、何か特別なことが書かれていた記憶はありますか」

疑問への答えを考えたが思いつかなかった梅原はとりあえず盗難届の手続きについて説明を聞き、実際に盗難届を出すことは一晩考えることにした。

「そう言えば……、事件のおおよそ一か月前に妙な電話があった。電話に出たのは亜矢子さんだが変な問い合わせで、平成六、七年分のカルテは保管してありますか、と……」

刑事らの動きが止まった。

25

郡山市立乳児院『うねめの里』を定年退職した元保育士の米沢《よねざわ》イク子はボウリングに興じていた。ゲームが一段落したイク子がタオルで首の汗を拭きながら、観覧席にいた五十嵐と亜寿佐のところにやって来た。ボウリングシャツを着てグローブを手にはめたイク子に亜寿佐がスポーツドリンクを差し入れる。

「お嬢ちゃん、ありがとね」

Ｌサイズを一気に半分まで飲みほし、ゲップをしてからイク子が座る。ピンが倒れる音でボウリング場内は会話しづらかった。

「今年からゴールドシニアの大会出るからマイボールを新調したんだけど、どうもシックリこないのよ。お嬢ちゃん、どうする？」

「どうすると言われましても、あたしには何ともしようがないのですが」

真剣に答える亜寿佐をイク子が笑う。

「お嬢ちゃん、真面目ね。さすが女刑事って感じ」

「そうですか？」

不明瞭な表情の亜寿佐を脇において五十嵐が訊ねた。

「ところで米沢さん、二十四年前に預かった双子の女の子のことですが憶えてます？」

「ああ、あの双子のことね、よく憶えてますよ」

「よければ、もう少し静かなところでお聞きできませんか」

「いいですよ、三十分後くらいに行くから隣の居酒屋『うねめ姫』で待っててもらえるかしら。あたし、ボウリング後に飲むビールが生きがいなの。それが駄目だったら協力しないけど」

「分かりました、居酒屋で待っています」

「先に飲んでてもいいわよ」

「それは、ちょっと、勤務中で車ですし」

「いいじゃない、運転代行呼べば」

「パトカーを運転代行というわけにはなかなか……」

「警察って、お堅いのね」

「ご指定の場所でお待ちしてますから」

隣のレーンでストライクが出て大きなデジタル音がしたのをタイミングに二人の刑事は観覧席を後にした。

26

猪苗代署内の刑事課デスクでは二人の刑事が梅原医院看護師兼受付の柿野亜矢子殺しの件で話しあっていた。優歌、亜矢子、二人の殺害事件で自首してきた太田花奈は郡山北署内で倒れ、取り調べは膠着状態となっていたが、現場の捜査は地道に続けられていた。金山が関係者聴取と地元住民からの聞き込みをもとにした見立てを話し出す。

「梅原医院先代の徳太郎も現院長と同じく産婦人科が専門。だが町医者となると内科や小児科の患者のほうが多かった。ただし、田舎の方が人目につかないからと郡山や会津から中絶手術で女性患者が来ていた。柿野亜矢子は隣接集落の出身で看護学校を卒業してから住み込みで働いており、多くの危ういことも見てきた。本人が産みたいのに親や相手の男が堕胎を強要する。また逆に本人が産みたくないのに親が堕胎させないとか色々あったらしい。そのうちのどれかで亜矢子さんが殺されるほどの恨みをかった？」

岩瀬が可能性を提示する。

「事件の約一か月前に妙な電話があった。電話に出たのは亜矢子さんだが変な問い合わせで、平成六、七年分のカルテは保管してありますかと。彼女はうっかり保管してあると言ってしまった。それが侵入者の動機になった。カルテには知りたい事実、または他人に知られたくない事実が書かれていた。それにしても梅原医師は盗難届を出しますかね？　本人がゴミと言ってた物ですよ」

「ゴミにはゴミなりの価値があるか……。時間も時間だ、今日はこれくらいにして帰るか」

金山が腕時計を見た時、署内は静まり返っていた。

27

翌日朝、捜査会議がいくぶん早く始められた。亜寿佐が隣に座る五十嵐の横に立ち、捜査状況を報告する。

「当時の乳児院に勤めていた元女性保育士、米沢イク子さんを訪ねて聴き取りしました。元保育士の記憶によりますと、優歌花奈姉妹は喜多方市熱塩温泉近く、当時の国鉄ローカル線で昭和五十九年、１９８４年に廃線となった日中線《にっちゅうせん》の旧熱塩《あつしお》駅、廃線後すぐに記念館となった日中線記念館の待合室で双子の棄児として発見されました。双子は県立喜多方病院に救急搬送されました。低体重出生児でしたが健康状態に大きな問題はなかったため、緊急受け入れ可能な乳児院として県内で一番近かった郡山市立乳児院『うねめの里』に収容されました。最初に発見した喜多方警察署熱塩駐在所地域課警察官が戸籍法五十七条の規定で棄児発見調書を熱塩町長に届け出ています。名前、名字、姉か妹、本籍は熱塩町長が行政文書上では決めています。保育士によれば、優歌および花奈という名前と生年月日は記念館での発見時、それぞれを包んだバスタオルに油性ペンで書かれており、これが名前と出生推定年月日の元となり棄児発見調書に書かれたようです。町長が名字を熱塩、本籍と住所を熱塩町役場住所にして戸籍が作成されました。本籍住所はその後に乳児院、そして養護施設の郡山市内住所へと二度変更されましたが、養子縁組前まで名字は熱塩のままでした。二人は二歳を過ぎた平成九年三月まで乳児院で過ごし、同年四月より同じ郡山市立の児童養護施設『あさか園』に移りました。五歳の時、姉の優歌は縁あって緑川の家に養子として迎えられることになり、その約一年後に妹の花奈も須賀川市役所職員の太田家の養子となった。緑川夫妻はすでに病気で亡くなっています。優歌は東京町田での緑川恵以子、旧姓渡辺恵以子の実家で高校卒業まで育てられ、その後バレリーナの道に進みました。一方、花奈は須賀川市の県立高校を経てから福島市の短大看護学部を卒業し、自宅から公共交通機関を使って郡山市内総合病院に勤務していました。優歌と花奈の接点については今後の捜査の課題になるかと思います。なお、この二十四年間で当時の駐在警察官、町長、乳児院長、養護施設長は亡くなっており聴き取りできない状況です。今日の報告は以上です」

着座した亜寿佐の報告を聞きながらメモしていた南雲が顔を上げる。

「白川巡査部長、報告ご苦労様だった。一定の捜査の進展が見られたのは確かだ。五十嵐警部補との捜査に感謝する。引き続き乳児院、児童養護施設の捜査を継続してくれ」

南雲がペットボトルのミネラルウオーターを口に含んで飲み込む。

「殺人事件のほうだが太田花奈が殺害したと言ってるにすぎんし、物証もない。殺人、損壊、遺棄を直接目撃した第三者は今のところいない。今後の捜査は花奈と優歌のつながりが重要なポイントだと認識してもらいたい。事件前の優歌と花奈の接点、もし二人が出会った確証が出れば花奈による優歌殺害も、あるいは梅原医院の柿野亜矢子殺害の事件解明にも寄与できるかもしれない。犯罪としての連動性も出てくることも考えられる。喜多方市熱塩温泉での当時の棄児については喜多方署に調査依頼している最中だ。必要があれば、そっち方面にも捜査員を振り向ける。一卵性双生児が関係する以上、多胎児はＤＮＡが同一のために証拠能力分野が弱くなる。今後は指紋、歯科関係の歯形と治療痕など後天的な個人識別証拠集めについて強化していく。以上、何か質問のある者はいるか」

中央列中央付近から手が上がる。南雲にうながされて塚本が質問する。

「花奈のその後の容態は、どうなっているのでしょうか？　情報をお願いします」

南雲が顔をしかめる。

「花奈の病状は非常に良くない。郡山市内総合病院から福島医専大学付属病院に転院搬送し特別病室で治療中だが、悪性脳腫瘍の末期のようだ。脳外科主治医からは危ない状態で、今日明日にでもという病状と聞いた」

沈黙と重い空気に支配された場を南雲が眺めまわした。

「最後に、柿野亜矢子さん殺害事件との関係性を鑑み、今日から新たに捜査員二名に特捜本部に加わってもらう。県警本部刑事部捜査一課強行犯係から塩入温子巡査部長、猪苗代署刑事課から岩瀬鷹雄巡査だ」

最後列に座っていた後ろで髪をまとめたスリム体形の女性と中肉中背で色黒の青年が椅子から立ち上がって挨拶する。その後、追加の質問は出ず、南雲は大会議室を後にした。

28

月齢七日の半月が猪苗代湖の上に浮かんでいた。その日の捜査を終えた覆面パトカーが国道を猪苗代署に向かって定速走行していた。災害時情報入手用カーラジオでは英国のロックバンド、クイーンのリクエスト番組が始まっていた。

楽曲『キラー・クイーン』が低音量で流れるなかで青木が運転し、黒田は助手席で目をつぶっていた。トンネルに入り、オレンジ照明が車内を照らしては後方に去っていく。黒田が眉間に皺を寄せて急に話し出した。

「青木、俺はさっきからずっと花奈の心境を考えていた。姉さんは金持ちの家に引き取られて好きなことができてバレリーナになった。自分は看護師になったものの、癌に侵されて余命いくばくもなくて苦しんでいる。境遇の違いから妬《ねた》み嫉《そね》みの思いが殺意にまで増幅したというのが見立ての一つ。だが、俺が思うのは、そんなんで双子の姉貴を殺すかねってことだ」

トンネルを抜けるとラジオから流れる曲が『オウガ・バトル』に変わり、青木が示唆した。

「近親憎悪とか？」

「近親憎悪ね。四文字熟語使えば良いってもんじゃない。普通、自分そのものみたいな双子を殺してから残酷にも首を切れるもんだろうか」

「例えば何かの原因で偶発的に殺してしまった時点で感覚が麻痺してしまったとしたらどうでしょう」

「殺してしまって異常な心理状態に陥ったという見立て。大量のアドレナリンが放出され興奮し馬鹿力も出て、隠ぺいと移送目的で首を切り落としたという見込みか……」

「あるいは誰かをかばって、犯人になるなら自分。共犯者の可能性は？」

「あるかも。ただ、殺した後で時間に余裕があれば女一人でも、ある程度の時間をかければ可能だ。凶器はどこにいった？　花奈か花奈以外の誰かが捨てたか隠したか。猪苗代湖に捨てたとしても湖は広いし、遺体現場付近の初動捜査では見つからなかった」

曲が『ライアー』に変わり、再びトンネルに入った覆面パトが郡山方面に向かう多種多様な車とすれ違う。ヘッドライトがバックミラーの赤いテールライトに変わっては幾つも遠ざかっていく。

人工照明が月の光に替わった。半月の薄明りに照らされながら覆面パトが走行する。猪苗代湖が見え出したとき、クイーン特集ラストの曲が流れだした。控えめなコーラスとドラマチックなピアノに続いて、フレディ・マーキュリーのソロヴォーカルが始まった。

「お母さん、僕はたった今、人を殺してきたよ……か。演奏は華麗でも詩は不吉ですね」

青木が話しかけても黒田は無言だった。

29

夜遅くまでの仕事になったこの日、黒田と青木は猪苗代署の道場に寝泊まりすることにしていた。布団に胡坐をかく青木のところに黒田が冷蔵庫から日本酒の四合ビンとビールコップ二つを持ってきた。

「寝る前に少し飲むか。会津酒造の『白虎《びゃっこ》』、純米大吟醸だ」

『白虎』を溢れんばかりに注いだコップを青木が受け取る。乾杯もなく、二人はグラス半分まで酒を減らした。

「美味いなあ。会津の酒はいつ飲んでもいいいな」

青木の感嘆を聞きながら、黒田はコップの残りを飲みほした。

「酒を飲んでる時に仕事の話をするのは、本当は趣味に合わないんですが今日はいいですか？」

黒田が一旦、無言になることで同意を表した。

「双子の感覚がどうにも理解しにくいんです。相手を殺そうとしたときに恐怖に引きつった自分ソックリな顔を見たら、どういう気持ちになるのかとか」

「花奈の供述どおりなら今回の事件は双子の片方が、もう片方を殺すという特殊性があるからな。それに亜矢子殺しの動機が不明だ」

「考え出すと眠れなくなりそうですね」

「今夜は酒の力を借りて寝るか」

「寝る前にもう一杯、お願いします」

差し出された空のグラスに黒田が『白虎』をなみなみと注いだ。

30

朝の陽が児童養護施設『あさか園』に届いていた。窓際から空を見ていた矢祭園長がレースカーテンを閉めて腰かける。応接ソファには野瀬副園長が座っていた。

「園長、警察にはどうしてあのことを言わなかったんですか」

矢祭園長が両手を組み合わせ前を見すえる。

「さあ、どうしてかしら……。定年まであと一年だから、黙っておこうと思ったのかも」

「しかし、後になってからでは色々と問題が大きくなりますよ」

矢祭園長が組んでいた手を静かに離した。

「いいわ、その時はあたしが責任取るから」

「責任取るって、取れるようなことですか」

「責任取るったら取るのよ。これ以上、言わないで！」

「分かりました」

剣幕に驚いた野瀬が退室しようとしてドアを開け、うわっ、と声を上げた。廊下には五十嵐が立っており、後ろには亜寿佐がいた。

「職員の方の許可を得て、ここまで来ています。追加でお聞きしたい点が二、三あって伺いましたが、いま耳に入ったことのほうが事件に関係しそうですね。捜査にご協力お願いできますか」

野瀬の背中越しに矢祭園長が入室を許可した。

「いいでしょう、今さら隠せないですから。副園長は自分の仕事に戻ってください」

二人の刑事と入れ替わりに野瀬が出ていく。ドアの閉まる音が室内に響いた。刑事らを応接ソファにうながして、自分が座る短い時間の中で園長は約二十年前のことを思い出していた。

沈黙の後、園長が語りだした。廊下では野瀬が部外者の入室を見張っていた。ちょうど、その時『福島あけぼの』の記者、猫塚が廊下からやって来た。野瀬と猫塚は押し問答を繰り返し、結局、二人とも園の外へと出ていった。

園長室では矢祭園長の長い話が終わっていた。緑川の妻、恵以子は気づいていた。最初の印象と違った優歌を引き取ってから、およそ半年後。たまたま夫の実家に用事があって来た時『あさか園』を手土産持参で訪れた。そこで優歌に瓜二つ、そっくりな女の子を見かけた。それが花奈だった。恵以子は最初に好印象を持って気に入った子が花奈だったことに、すぐに気づいた。

前女性園長は明るい性格で人見知りしない花奈より、内気で消極的な優歌のほうが心配だった。花奈は大丈夫、後でも良縁がありそうに思えた。だから花奈の代わりに優歌を緑川夫妻の養子として送り出した。そのことを緑川恵以子も知ってしまった。ただ、夫の雅史までが知っていたかは、今となっては謎のまま終わるしかなかった。

園長の話を聞き終わって、捜査ノートにメモしていた亜寿佐が訊ねた。

「花奈と優歌さんの二人とも紹介しようとは思わなかったんでしょうか」

園長が溜息をつく。

「それは楽観的過ぎます。養子縁組の基本は一人ですし、緑川夫妻の希望もそうでした。どちらかに決められないことも考えられるし、そうなると二人とも養子縁組してもらえない可能性も考えられた。選ばれた方と残された方に分かれた場合は禍根を残すことにもなります」

「当時の園長がよかれと思って取った行動が、今回事件の遠因となったとも考えられますが」

園長が一瞬、言葉に詰まってから話を続ける。

「それは誤算ですが結果論だと思います。大人になった本人たちが何を考え、どう思いどう行動するかなんて誰にも分からないでしょう。それこそ運命とか神のみぞ知る偶然とか……。いずれにせよ、お話しすることは全部話しましたので」

五十嵐の目配せで察した亜寿佐がノートを閉じペンを仕舞う。捜査協力の礼を言い、二人の刑事は園長室を後にした。

31

福島市と郡山市との中間地点に位置する二本松市に五十嵐良蔵は家を構えていた。日中は遠くに見える安達太良山《あだたらやま》も午後八時この時間は闇に沈んでいた。

洋風住宅に五十嵐が帰宅すると五歳と三歳の男の子が出迎えてくれた。五十嵐を見つけるなり、二人ともに跳びかかってくる。長男の良一が腰にまとわりつき、二男の浩二が膨らんだお腹にパンチをくりだす。小さな手での打撃は皮下脂肪の鎧で防御したお腹にダメージを与えなかった。

妻の美土理と子どもらは夕食を済ましており、キッチンの食卓にはハンバーグと野菜炒め、焼酎のお湯割りが準備されていた。

リビングで夜十時から連続刑事ドラマが始まり、子どもらを寝かしつけた美土理がパジャマ姿で熱心に観ていた。夕食のおかずを酒のツマミにすると焼酎のお湯割りが三杯目に突入した。

同じ時間、亜寿佐が青木を誘って郡山駅前の焼き鳥屋で呑んでいた。カウンター席の大皿にタレと塩で味付けされた焼き鳥が盛られ、大ジョッキの生ビールが半分に減っていた。油煙をあげながら炭火で焼き鳥を焼く調理人の後ろにはラップの巻かれた小型液晶テレビが設置されており、画面では女性刑事が管理官と対立していた。

「白川先輩、ご相談なんですが」

「何なの？」

「東京までバレエ観にいきませんか？」

ビールを飲んでいた亜寿佐がむせた。

「青木と？　まさかだよ」

青木の目の前で亜寿佐の手が数回振られる。

「その、まさかって何ですか？　先輩、勘違いしてるでしょ。言いたかったのは『白鳥の湖』を実際に一度観たら捜査のヒントになるかもと思ったんです」

「何ですか、それ？　意味がよく分からないんですけど」

「先輩とは、ホントかみ合わないわ……」

テレビでは若手男性刑事が管理官に熱い思いを伝えていた。

32

十一月七日、平日木曜日の朝八時半、風の強い日だった。ＪＲ郡山駅西口駅前交番にも西風が吹き込んでいた。交番から塚本勇基巡査部長と坂下陸也巡査が出てくると、徒歩で南東北記念病院へと向かった。

民間大病院が多い福島県でも最大の医療施設グループ、それが南東北記念病院グループだった。須賀川剣太郎《すかがわけんたろう》理事長を総帥として、病院、診療所、介護老人福祉施設を展開し、福島県内を中心に八十の事業所に五千人以上の職員を擁していた。本院となる南東北記念病院は十二階建タワービルでグループ本部も置かれていた。

二人の刑事の目的は南東北記念病院消化器センターで看護師をしていた太田花奈の身辺調査だった。病院内の捜査については南雲管理官から慎重な対応の指示があり、本院の院長も兼ねていた須賀川剣太郎理事長への捜査協力依頼も重要事項だった。

一階案内コーナーで理事長面会を打診すると、担当女性と秘書室とで館内電話でのやりとりがあって面会が可能になった。八階理事長室に行くとストラップで首から院内携帯をかけた小柄な男性秘書室長が奥の別部屋へと案内した。開放されたドアから入ると室内は重厚な木造装飾の内装で、窓反対側の壁一面が格子状の木棚になっていた。棚にはＣＤやレコード、高級オーディオ機器が収められ、左右の大スピーカーからはオペラ音楽が流れていた。

巨大デスクではべっ甲色のセル眼鏡をかけ肩幅の広い体躯にスーツタイプ白衣を着用した須賀川剣太郎が執務中だった。

「刑事さんの訪問とは珍しい。書類決済の途中だから、ソファで少し待ってもらえるかな」

顔を上げた須賀川に促され、刑事らが部屋中央の応接セットに座った。執務デスクの背後には大きな油絵が掛けられ、猪苗代湖に浮かぶ白いクルーザー船舶と対岸にそびえる磐梯山が描かれていた。デスク横には純白のクルーザー巨大精密模型がアクリルケースにディスプレイされていた。ネームプレートには『The No West』と船名があった。

傍らのリモコンを操作してクラシック音楽を止めると須賀川が立ち上がり、革張りソファに身を沈めた。塚本が事件概要と病院関係捜査について説明すると案外簡単に協力の同意があった。

「まあ、いいでしょう。いきなり乱暴に院内で捜査されたりして不必要に変な噂になるよりマシだ。ただし、まだ自白程度で太田花奈さんも他病院に入院してるんでしょ。彼女のことは個人的には知らないし……。何せ職員は五千人もいるので全員は憶えきれないのでね。院内のことで何かあれば後は秘書室長の津川を通してやってくれ」

須賀川との面会を終えた二人の刑事は秘書室長の津川竹郎《つがわたけろう》に要望を伝え、その足で五階の消化器センターへと向かった。ナースステーションで用件を伝えると対応に出てきた看護師長が患者説明ルームへと刑事らを案内し、少し待つように言ってから出ていった。消化器センターは胃や大腸の内視鏡検査室が複数あり、濃緑の施術衣を着た医師看護師や検査着に着替えた患者らが出入りしていた。

十分ほど待たされるとピンクナース衣の看護師、岩代日名子《いわしろひなこ》が入室してきた。花奈の一年先輩だった日名子は快活に聴き取りに応じた。

「花奈が体調を悪くしてたのは早い時期から知っていました。よく仕事を休むようになりましたし、最近では出勤してませんでしたから。でも、脳腫瘍だとは思いませんでした」

「他に気になった点とかはありませんか。双子だったことは知ってましたか」

聞いた塚本に日名子の視線が向いた。

「あたし、師長から花奈とお姉さんのことで刑事さんが来ていると聞いたとき、てっきり病院前の薬局の人かと思ってましたけど」

「病院前の薬局？」

　塚本が聞き返す。

「花奈によく似た薬剤師が勤めてるんです。半年くらい前に気がついたとき、花奈に双子か姉妹じゃないのって聞いたんです。花奈からは曖昧な返答しかなくて。それにしても似すぎてると思っていて」

「花奈さんに似た薬剤師……、どこの薬局ですか？」

「ポーラスター薬局、病院前に調剤薬局が三つ並んでありますけど、真ん中の薬局です」

　捜査ノートに坂下がメモし終わるのを待って、塚本が聞いた。

「他に何か、話し忘れているようなことはありませんか？　何でも結構ですが」

　日名子が塚本をジッと見ていた。

「ん、何か？」

　一瞬、間があって日名子が話を再開した。

「これ言っていいのかなと、さっきから思っていたんですけど刑事さんだから言いますね。彼女、つい最近まで妊娠の噂があったんです。相手は消化器科部長の佐久間先生という噂です。佐久間先生はちょっとしたイケメンで独身だから結構モテるんです。それだけ女性関係の噂も多いんですが。交際の件は一度花奈本人に聞いてみたことがあったんですけど彼女が曖昧な返事をするものですから、それ以上は何も言えなくて。ただ、花奈と佐久間先生がショッピングモールやレストランで二人きりで親密そうにしてたのは他の職員たちにも見られてるんですよ。ホントか嘘か、同棲してるとか結婚の噂まであって……。このことをあたしが話したことは内緒でお願いします。病院にいられなくなるのも嫌ですから」

日名子の話す内容をボールペンでメモしていた坂下の指先が動きを止めた。

「その佐久間先生には事情を聞くことになるかもしれませんが」

「あたしの名前を出さなければ……。あ、佐久間先生ですけど毎週木曜は研究日でお休みですよ」

研究日は勤務医が研究時間をつくるため、平日に週一日程度が賦与される休日だった。論文を書いたり、他の医療機関において診療技術向上のための検査や非常勤診療など医師個人によって過ごし方や使い方は違っていた。

坂下の指先が再び動き出した。日名子から予定していた事項についての聴取が終わり、塚本と坂下は八階の総合医局に向かった。

医局秘書に佐久間医師の予定を聞きアポイントの申し込みをすると、明日以降に連絡がもらえることになった。

エレベーターホールで待っている時間、刑事らが佐久間医師と花奈について小声で意見交換していた。

「塚本さん、当たる価値はあると思います」

「花奈の心理的な動揺なんかも気になる」

到着音が鳴ったところで刑事らは話を止め、エレベーターに乗り込んだ。一階まで降り、患者らで混雑するロビーを抜けて外に出ると正面入口前に『ポーラスター薬局郡山駅前店』があった。二人の刑事は相談し、薬局を訪問することにした。

『ポーラスター薬局郡山駅前店』は医療機関前に店舗を構える、左右を東京と仙台の大手チェーン調剤薬局にはさまれた地元郡山資本の薬局だった。

薬局内は数人の患者が長椅子で薬待ちをしていた。処方箋受付係へ警察手帳を見せ責任者への面会を申し込むと、調剤室から案外若い男性薬剤師が出てきた。ネームプレートには『薬局長　矢内健五《やないけんご》』とあった。

「薬局長の矢内です。警察の方がどんなご用でしょうか?」

「ある事件についてお聞きしたいことがありまして」

塚本が緑川優歌の写真を見せる。

「こちらに、この写真に似た女性がいらっしゃいませんか?」

ひるんだ表情を一瞬見せ、調剤室の奥をチラっと見てから健五が返答する。

「妹が何か?」

意外にも薬局長は女性の兄だったが、塚本はポーカーフェイスを装った。

「この女性のお兄さんでしたか、失礼しました。妹さんと少しだけお話しできますか」

健五が困惑気味に答える。

「今は調剤中ですので、少し待ってもらっても大丈夫ですか」

健五が調剤室の奥に引っ込んでいった。長椅子に座って二人の刑事が調剤室の様子を観察する。

ほどなく黒髪ストレートロングの若い女性が調剤室から出てきた。

「あたしに警察の方が用とか……」

二人の刑事が絶句する。

「どうかしました……?」

優歌に似た女性のネームプレートには、『薬剤師　矢内菜美《やないなみ》』とあった。塚本と坂下は困惑を隠せず言葉を失っていた。

33

矢内菜美に捜査協力を依頼し、身元確認と事件に関する日時の行動様式を聴取してから塚本と坂下は郡山駅前交番に戻った。二人の刑事が交番内で優歌のバレエ団プロフィール写真を眺めながら話し合う。

「眼が点になるとは、このことか……」

　塚本に坂下が同意する。

「まさかですよね。参考人で聴取できませんか？」

「聴取できるか、似てるだけで」

「似てるレベルを超えてますよ」

「とりあえず特捜本部に張り込みの報告入れとくか」

　南雲に捜査状況を報告すると、矢内菜美と健五に関する情報収集を駅前所管の郡山署に依頼することになった。

　夜の八時を過ぎポーラスター薬局の室内照明が落とされた。裏口から健五と菜美が出てくる。並んで駐車してあったモスグリーンのミニバンに健五が乗り込み、アクアブルーのコンパクトカーに菜美が乗り込んだ。二台の車が動き出すと同時に、少し離れたコインパーキングで覆面パトの２５００cc水平対向エンジンが回り出した。

「一緒に帰りますね」

　塚本が坂下の言葉にうなずきながらアクセルを踏み込んだ。ミニバンとコンパクトカーは方向を同じくして国道４号線を北上し、交差点を何度か右左折した。狭い路地に入ると住宅街で明かりのついた二階建て洋風住宅に到着した。家の前には小さい庭があり『矢内』の表札が掛かっていた。玄関前駐車場に先に停まっていた軽自動車に並んでミニバンが駐車し、その前にコンパクトカーが路駐する。

健五と菜美が玄関から家の中に消えるのを塚本が確認する。

「兄貴は家持ちで世帯持ちか。巡回連絡カードの情報があるか地域課に問い合わせてみろ」

坂下が所轄系警察無線で郡山北署に問い合わせると、健五の家は新築したてで別の調剤薬局で働く妻の桜子と二人暮らしなのが分かった。

ほどなく菜美が家から出てきて、車が再び走り出す。それを追って尾行が再開された。

小奇麗な二階建てアパート『コーポジェネシス福山』の駐車場に車を停めて、菜美が外階段を上がっていく。二階端の部屋に明かりが点くのを塚本が目視する。

「兄貴の家の近くにアパートを借りて一人暮らしというところか。今日の動きはこのくらいだろう。特捜本部に着くまでに今日の要点をノートに整理しておけ」

覆面パトカーは猪苗代署に向けて走り出した。

34

翌日、夜の捜査会議で状況が新たな展開をみせた。塚本坂下組の依頼を受けて、郡山北署地域課警察官が喜多方署の協力も得て丸一日かけて行った身辺調査から、有力な情報が得られた。喜多方署地域課、熱塩駐在所の巡回連絡カードや聞き込みから得られた情報を南雲管理官が読み上げる。

「矢内菜美は平成七年、１９９５年一月十三日生まれ二十四歳、現住所は郡山市内福山町二番地コーポジェネシス福山２０１号室。出身は福島県喜多方市熱塩《あつしお》町。両親は健在で熱塩温泉の旅館で働いている。熱塩小学校、熱塩中学校から県立喜多方高校卒業後、宮城県仙台市の仙台薬科大学に進んだ。本年卒業し薬剤師免許も取得。現在ポーラスター薬局郡山駅前店に勤めている。尚、勤務先の雇われ薬局長の矢内健五、二十八歳は兄だ。菜美のアパート近くの戸建て住宅で同じ薬剤師の妻と二人暮らし。学歴は兄弟とも全く同じ。気づいた者もいるようだが、菜美と優歌、花奈とは誕生年月日が同じである」

捜査員らの雑多な私語がざわめく中、亜寿佐が資料に印刷された誕生日にピンクの蛍光マーカーを引いた。

「次に移る。柿野亜矢子殺害事件について塩入巡査部長からの捜査報告を聞いてくれ」

温子が報告する。

「梅原医院にて、土蔵に保管してあった平成七年当時のカルテが荒らされた様子がありました。梅原医師は盗難を疑っていましたが実際はカルテが散乱していたものの、紛失はないということで盗難届は出ていません。外部の人間に触《さわ》られた形跡のあるカルテですが、鑑識捜査で新しい指紋は見つかっていません。カルテを平成七年から六年へと順に見ていくと三つ子についての記載箇所があるカルテが見つかりました」

　捜査員のヒソヒソ声が小波《さざなみ》のように湧き立った。

「三つ子の多胎児となると、そうそう多いケースではありません。カルテによると当時、郡山市から田中美花、女性十九歳と同年代男性が受診に訪れています。女性は妊娠していました。最終月経日が六年の四月十日、出産予定日が七年一月十五日と記載されており、受診日は八月二十七日。堕胎可能な妊娠二十二週未満ギリギリ十九週目の八月二十七日土曜日。当日の検査で三つ子であることがエコー検査等で判明。それ以降の受診歴はなく、二度と現れなかったようです。以上、報告を終わります」

　南雲が報告内容を引き取って会議を続ける。

「塩入巡査部長と岩瀬巡査、ご苦労であった。引き続き捜査に当たってくれ。ここからは先を急ごう。矢内菜美と健五の両親に当たる必要がある。捜査担当は黒田警部と青木巡査の組に頼む。五十嵐警部補と白川巡査部長は喜多方署での周辺調査をお願いする。塚本巡査部長と坂下巡査は引き続き、矢内菜美および、兄の健五の身辺調査に当たってくれ」

　テーブルの微振動を感じた温子が横を見ると岩瀬が体全体を震わせていた。

「何震えてるのよ」

「ただの貧乏ゆすりです」

　しばらくの間、テーブルの微振動は止まなかった。

35

猪苗代署から40キロ離れ、車で一時間移動したところに喜多方市熱塩温泉はあった。開湯六百年の熱塩温泉は熱塩の名の通り源泉68度で塩分が強い温泉だった。ナトリウム・カルシウム塩化物の泉質で体の中から温まり、婦人病・慢性皮膚炎・胃腸病に効能があった。子宝の湯とも呼ばれ、温泉入口には子育て地蔵尊が安置されていた。それは妊娠祈願や入湯して子どもを授かった人々がお参りする石像地蔵尊だった。

矢内菜美の両親、矢内新悟《しんご》と潤子《じゅんこ》は、ひなびた温泉旅館『姫乃湯』で働いていた。旅館のすぐ隣に従業員用の小さな平屋住宅があった。訪れた黒田と青木は玄関先に出ていた新悟に優歌と花奈の写真を見せ、公開情報を伝え捜査協力を依頼した。新悟は協力に応じて自宅に招き入れた。

居間で二人組刑事と矢内夫婦がコタツに足を入れて向き合っていた。黒田が口火を切る。

「今日伺ったのは、菜美さんと写真の二人との関係のことです」

緑川優歌のバレエ団プロフィール写真と太田花奈の運転免許証写真、二つの拡大写真がコタツ板の上に広げられた。二人とも菜美と同じ顔だったが、よく見れば衣装や服装、髪型や雰囲気に微妙な違和感があった。

潤子が息を飲み、両手で顔を覆う。

「矢内さん、私ら刑事がここまで来た理由は想像できると思います。もしかしてですが、菜美さんにいわゆる出生の秘密などはないですか。隠さずに教えていただけないでしょうか」

「この前、久しぶりに駐在さんが来ました。巡回連絡カードの更新とかで、家族のことを色々と聞かれたので気になっていましたが……」

新悟が黒田をジロリと睨む。

「刑事さん、分かりました。潤子は婆さんの面倒を見てきてくれ」

潤子がお辞儀をして奥の部屋に引っ込んでいく。

「婆さんは認知症で、ほとんど寝たきりで世話が大変でして」

二人の刑事が、すまなさそうに頭を下げた。それを見て新悟が語りだした。

「あの日のことは忘れもしません。平成七年一月十四日、当時『成人の日』は一月十五日祝日で固定されてました。その前の日で、日にちに間違いはないはずです」

潤子の慟哭が隣の部屋から聞こえてくる。

「当時、私と妻の潤子は同じ三十歳でした。爺さんが亡くなったばかりで、婆さんと熱塩温泉共同浴場の湯守りと農業を営んでいました。朝方の七時頃だったと思います。前の晩から大雪が降り続けた日の早朝でした。朝飯を食べ終えてから、健五の姿が見えなくなったことに気づいた婆さんが一人で捜しに出ました。温泉街のはずれまで行ったあたりで健五に会ったそうです。そのとき健五はバスタオルに包まれた女の赤ちゃんを両手に抱えて雪道を歩いて来たというんです。婆さんが赤ちゃんを預かって健五と家に帰ってきたのですが、四歳の健五に聞いても要領を得ない話ばかり。どこから拾ってきたのかも言わないし分からない。婆さんが言うには、この子は地蔵様から授かった子だから、絶対にうちで育てなきゃなんねえと言って……。警察に届けると言っても、それはもう猛反対で。警察に届けたら親子の縁を切るとまで言って。今思えばその当時から婆さんは初期の認知症になっていたのかもしれません。実は健五が生まれた後で潤子が女の子を一度流産したことがありました。ひょっとしたら、その子の生まれ変わりかもしれないと私自身が思ったのもありました。産まれたばかりの菜美は随分小さな女の子でね……。後で分かりましたが低体重出生児でした。心配していましたが、保育園に入園する頃には普通の体格まで成長して安堵しました」

青木が思い出を断ち切る質問を発した。

「健五さんが抱えて来たのが十四日朝なら、誕生日を十四日として届けるのが自然にも思えます。菜美さんの誕生日は一月十三日のはずですが」

「バスタオルに日付と名前が油性ペンで書いてあったんです。産みの親が後悔してたら、後々に引き取りに来るかもと思いました。日付は誕生日だと思ったし、名前も変えませんでした」

「その後、近くの廃線後の旧熱塩駅、日中線記念館の待合室に捨て子があったのは知っていましたか?」

「知っていました。あの日の昼前、警察やら消防やら昔の駅舎に沢山の人が来て随分と騒がしかったから見に行ってみたんです。そしたら、警察に匿名で駅舎に捨て子がいるという通報があったって話で……」

新悟が続ける話に二人の刑事が聞き入っていた。

36

　喜多方警察署は猪苗代署から距離30キロ、車で一時間弱だった。三階建てコンクリート壁の喜多方署内に五十嵐と亜寿佐が入ると、署内デスクの上には捜査資料の入った段ボール箱がすでに積まれていた。女性制服警官が平成七年一月分の事件関係書類を記録保管室から持ち出して準備していた。

　二人の刑事が並んで椅子に座りながら、デスク上の書類に目を通していく。紙の資料からは微かにカビの匂いがしていた。亜寿佐が手の動きを止める。

「五十嵐さん、これじゃないでしょうか？」

　五十嵐もバインダーに閉じられた書類をのぞく。二人が見入る捜査報告書には、平成七年（１９９５年）一月十五日、日曜日の日付と『檜原湖《ひばらこ》男女未成年カップル自動車内排気ガス死亡事故』とあった。

37

矢内新悟が微動だもせず話を続ける。

「もう病院に運ばれていった後だったので双子は見てはいません。もし、あの時に見ていれば菜美に対する考えも変わっていたのかと今でも思います。翌日の地方新聞に記事が出ていて地元でも噂になりましたから。最初は真冬の駅舎待合室の中で、よく凍え死んだりしなかったもんだと思いましたが、聞くと警察に非常用公衆電話から匿名通報があったようでした。駅舎に捨て子がいると」

新悟の目から一筋の涙が流れ出して頬を伝っていく。

38

『檜原湖男女未成年カップル自動車内排気ガス死亡事故』は五十嵐がまだ福島県太平洋沿岸、双葉町《ふたばまち》の警察署に勤務していた頃の事故だった。五十嵐の記憶が徐々に蘇っていた。

「二十四年前、俺は双葉警察署地域課の巡査だったが、この事故のことは憶えている。海が近く温暖な双葉からはピンと来なかったが、確か三日間にわたって会津地方で大雪が降った翌日、成人の日だ。檜原湖近くの県道で雪で立ち往生した車の中で成人前の若いカップルが死んでいた」

現場写真には軽自動車が雪に埋もれ、そのルーフには1メートル以上の雪が積もっていた。かまくら状になった車の近くに除雪車が停まっている写真もあった。色あせたカラー写真はモノクロ写真と変わらない雪景色写真だった。

「現場写真を見ると、もの凄い降雪量ですね」

亜寿佐が報告書類をざっと読み上げる。

「一月十五日、日曜日早朝五時、道路除雪のため出動してきた除雪車運転手によって発見された。当初は事故と事件の両面から捜査された。男女カップル、田中美花、女性十九歳と鈴木優太、男性十七歳の乗った軽自動車が雪に埋もれた状態で発見された。雪で動けなくなったと思われる車は燃料が切れてエンジンが停止していた。二人の死因は一酸化炭素中毒。車内でコートを着込みエンジンを掛けたまま暖をとっていたが、車周りの雪で行き場所を失ったマフラーからの排気ガスが吸気口を通じて車内に充満したと思われる。一酸化炭素と血液中のヘモグロビンが結合して、体全体が酸欠状態になった。その結果、意識障害や昏睡など意識を失くし心肺機能が停止して死亡。事件は単なる移動途中での事故、あるいは心中事件の可能性なども考えられた。カップルは郡山の歯科大生の女性十九歳と、同じく郡山の県立高校男子十七歳のどちらも当時未成年。軽自動車は女子大生所有のもの」

亜寿佐が深く息をついた。

「現場に来ていた理由は記載してあるか?」

五十嵐が続きをうながすとファイルを亜寿佐がめくる。

「結局は不明となっています。ドライブに来ていて想定外の大雪による事故に見舞われた可能性との記載になっています。ただ、二人とも家庭内事情があります。美花さんは父子家庭で保護者は父親の田中健太郎。優太さんは母子家庭で保護者は母親の鈴木麻里子。事件後、この二人は喜多方署内で大ゲンカしています」

五十嵐が報告書を手元に引き寄せた。

「報告書にわざわざ書いてあるくらいだから、よほど揉めたようだな。お互いにそっちの子が悪いってな。遺体の引き取りも何もかも別々にやっていったか。それより解剖が行われていないのが引っかかる」

「そうですよね、あたしも気になっています。もし解剖されていれば、美花さんが出産直後なのか分かったかも」

「それぞれの親の強硬な拒否に合い、承諾解剖ができなかったと書いてある。死体検案書を書いたのは県立喜多方病院の医師か……。この医師に当時のことを聞いてみたいが」

「喜多方病院は確か、五年くらい前に県立会津若松病院との病院統廃合で廃院になってますよね。どうします？」

「県の病院局に医師在籍について確認しようか。一旦、資料を持って本部に戻ろう」

五十嵐が近くにいた資料係を呼ぶ。概略を説明して関係書類のコピーを依頼し、出来上がったコピー用紙を持った五十嵐と亜寿佐は喜多方署を後にした。

39

涙をぬぐわない矢内新悟に黒田が聞く。

「匿名の通報を知って不審には思いませんでした？　警察とか役所には相談しなかったのですか」

「刑事さん、いくら言っても分からないかもしれませんが菜美はね……、健五が家に連れてきた瞬間から家族そのものだったんです。あの無邪気な顔、可愛らしい泣き声は今でも鮮明に思い出せる。そんな子、あえて言いますが、わが子を他人に差し出せますか？」

沈黙、静寂、静謐が続く。それを山鳥の鳴き声と同時に黒田の声が引き裂いた。

「矢内さん、ことは犯罪に関係しています。善悪の判断は、この場でできるものではないのです」

新悟が手の甲でやっと涙をぬぐった。

「私ら夫婦の子どもとして、菜美の名前も誕生日もそのままにして熱塩町役場に出生届を出しました。役場の係は何の疑問ももたずに受理してくれました。当時の田舎は、そんなもんでしたから。菜美が健五と同じ学校に行って同じ道を進み同じ仕事についたのも、そんなものかと思っていました。薬剤師になる大学に通うお金は正直うちにはなかったけど、二人とも奨学金を借りる工面を学校関係とかあちこち自分でしました。二人とも頭のできが良くて親が思うよりも立派に大学を出て薬剤師にまでなりました。卑下したくはないが自分も嫁も頑張って何とか田舎の高校を出たくらいですから。健五も菜美も年に一、二度、盆と正月くらいは帰っては来ますが、ありきたりな話しかしません」

青木が話に割って入った。

「菜美さんと旧熱塩駅で見つかった双子との関係について、何か最近のことで思い当たりませんか？」

大きくため息をついてから真悟が静かに口を開いた。

「分かりません。妻は私以上の事は知りようありませんし、婆さんは認知症が進んでいて何聞いても無駄だと思います」

二人の刑事は潤子および新悟の母親トメにも聞くことにした。だが、結局は潤子からは新悟以上の情報は得られず、老婆のトメはほぼ寝たきりの認知症状態で何も聞くことができなかった。

矢内家の玄関先で靴を履き、黒田と青木が出てきた。先に出て前を歩く黒田が独り言のように呟く。

「ここまでか」

追いついた青木が背中から話しかける。

「ここまでって、多くの糸口があったじゃないですか」

「嫁さんが旦那以上のことを知らないのは聞いて分かった。婆さんは、あれ完全に認知症だ。青木の事を健五と思い込んでたし」

「健五、健五って。いくら違うからって言っても分からないから、最後は話合わしときましたけど」

「お前だけ、お土産までもらったしな」

青木のスーツのポケットからカンロ飴が溢れそうになっていた。

「これ以上、探りたいか、青木」

「刑事の仕事とは、そういうことじゃないんですか」

急に立ち止まった黒田の背中に青木がぶつかりそうになった。

「この歳になって、お前みたいな若造に教えられるか……」

「生意気言ってすいません」

「それでいい。それよりカンロ飴一つもらうよ」

青木のスーツポケットから飴を一個つまむ。セロファン包装をひねると黒田は素早く口に入れた。

「ああ、甘い。懐かしい味だ。血糖値上げると元気出るぞ。お前もなめてみろ」

青木が大玉の飴を口に含む。青木にとって粘つくコッテリとした甘さはむしろ新鮮だった。

40

朝の捜査会議で南雲が捜査進展状況を整理していた。

「喜多方署管内、旧熱塩駅、日中線記念館待合室での平成七年一月十四日の捨て子事件について整理する。当日は降雪量の多い日だった。午前八時十二分、記念館待合室で捨て子を見つけたという匿名の一一〇番通報があった。当時は観光客の利便性を考えて待合室の鍵をかけていなかった。最初に駆け付けた熱塩駐在所の駐在警察官は通報内容の通り待合室で双子の女の子を保護、救急車を要請し女の子らは県立喜多方病院に搬送された。通報者および出産した母親、連れの者などの捜索に当たったが目撃者などもいなかった。記念館の管理人は喜多方市から委託された国鉄職員OBで勤務時間は午前九時から午後五時。開館前、この時間帯での駅周辺タクシー利用者もいなかった。前の日の晩から雪が激しく降り続いており、周辺の足跡、タイヤ痕などは降雪で覆い隠された。結局、関係者不明の捨て子事件として処理された。双子は病院で健康状態を診断の後、緊急受入が可能な施設で最寄りだった郡山市立乳児院『うねめの里』に引き取られることになった。優歌と花奈の名前と生まれた日も、それぞれが包まれたバスタオルに書かれていたことも分かった。母親一人か連れの人間とで記念館まで車を運転してきたものと推察された。バスタオルに名前と生まれた日を書いていったということは、いずれ名乗り出るとか何らかのやり方で親子であることを知るため、証明するための手段とも考えられる」

手元のノートパソコンを南雲が捜査すると、前方スクリーンにPCプロジェクターから雪に埋もれた軽自動車の画像が映し出された。

「次に五十嵐警部補と白川巡査部長の捜査状況について整理する。二十四年前の平成七年一月十五日、檜原湖での男女未成年カップルの自動車排ガス一酸化炭素中毒死の件だが、捨て子との関連性が考えられる。だが、事故扱いで司法解剖が行われず保護者の意向で承諾解剖も行われなかった。さらに死体検案書を書いたのは県立喜多方病院外科医の芦名《あしな》裕次郎《ゆうじろう》氏だが平成二十五年、2013年の三月、県立病院統廃合による閉院を機に高齢を理由とし名誉院長職を最後として退職。それから三年後に病没している。残念だが当時の事情を聞くことはできない。以上、捜査の進展に注力してくれた捜査員らに感謝する」

大会議室に詰めかけた捜査員一同を南雲が見渡す。間を置かずスクリーンに別映像が映し出された。縦長の写真には、同じ顔の美形女性が二人映っていた。

「情報分析課から情報があった。これは太田花奈のスマホのインスタグラム画像だ。『白鳥の湖』のハッシュタグが付いている。コメントは『白鳥の湖を双子コーデで観てきました』だ」

大会議室で話し声が各所で行き交う。

「双子コーデって何だ？」

五十嵐に聞かれた亜寿佐が面倒くさそうに返答する。

「二人で服や靴、持ち物、アクセサリーなんかを同じもので揃えることですよ」

ざわめきが静まるころを待って南雲が続ける。

「花奈のインスタグラムから場所と日時が特定された。場所は東京文化会館、日時は本年十月六日の日曜日だ。メトロポリス東京バレエ団の『白鳥の湖』公演後にＪＲ上野駅側入口前で撮影されたようだ」

入口ガラス向こうに設置された公演ポスターパネルも写っていた。

「メトロポリス東京バレエ団の令和元年十月公演『白鳥の湖』で緑川優歌は主役に次ぐ役どころに配役されている」

白鳥役は主役オデットとオディールの一人二役に次いで、三羽の白鳥役が三名、四羽の白鳥役が四名、その他白鳥たちとして計十六名から二十四名が配役されるのが普通だった。

「この公演で優歌は三羽の白鳥役の一人に配役されている。この公演において何らかの接点があった可能性がある。花奈と菜美はこの時期すでに知り合っており、そして二人で優歌に会いに行ったと考えられる」

インスタにはアクアブルーとモスグリーンのワンピースを着た美貌の若い女性が二人。ヘアスタイルの違いはあっても同じ笑顔の画像だった。

黒田が隣の青木を肘でつついた。

「あれ、どっちが花奈で、どっち菜美か分かるか？」

渋い顔で青木が反応する。

「分かりませんよ。でも二人のどっちかが優歌だったら面白いと思わないですか」

黒田がギョロリと睨む。

「全然思わねえ、面白くも何ともない冗談だ」

青木が首をすくめた。

41

翌日、南東北記念病院の八階エレベーターホールに到着音が鳴り響いた。ドアが左右に開き、中から白衣を着た数人の医師が降り、その後から塚本と坂下が出てくる。

高齢医師らが長い廊下の左右に連なるドアから個室医局に消える。廊下一番奥に理事長室のプレートが見えていた。若手医師らが総合医局に消えていくのを目で追ってから、塚本がポケットから名刺入れを取り出した。女性の医局秘書に名刺を渡して佐久間医師とのアポイントを告げる。医局内を秘書に続いて歩いていくと、広い部屋の個人デスクでは勤務医らが読書や仮眠をしていた。

奥の応接室に案内されると、白衣を着た佐久間澄央《さくますみお》がソファに座り先に待っていた。三十代前半に見える長髪に縁なしメガネをかけた医師が刑事らに着座をうながす。

「警察の方から何の用でしょう?」

警戒心を隠さない佐久間に塚本が本題から入る。

「太田花奈さんのことです」

花奈の名前を出すと、佐久間の表情が曇った。

「こちらからお聞きしたいくらいですよ。花奈さんに何があったのか」

塚本が質問を続ける。

「太田花奈さんと佐久間先生が、いわゆる男女の関係にあったという情報があるのですが」

佐久間が皮肉っぽく笑う。

「最近は週刊誌の記者みたいな仕事も刑事さんはするのかな。まあ、公務員の守秘義務を信じてお話しましょう。最初はよくあることで医者と看護師の疑似恋愛みたいなものだったが、それが進展したということ。これは言いにくいことだが、実は花奈さんから妊娠の報告も受けていた。彼女が脳腫瘍だと知ったのは堕胎の相談を受けたときだった。ひどく体力を消耗しだした時期で、もう出産に耐えられる健康状態ではなかった。医学的な助言をして堕胎の手筈もしてあげた。不本意だったけどね」

塚本が話の腰を折った。

「太田花奈さんが子どもを堕ろした施設は、猪苗代の梅原医院ではありませんか?」

佐久間がいったん目を閉じ、そして静かに目を見開いた。

「紹介したのは私だ。梅原先生は跡を継ぐまでは、ここで産婦人科部長をしていたから知っていたし腕は確かだから。花奈さんはできるだけ人目につかないよう希望していたから」

塚本がさらに確認する。

「先生、他に知っていることは?」

「私が他に知ってることなんかないですよ。悪いが、これから医療器械業者との打ち合わせがあるから」

佐久間が有無を言わせない勢いで席を立った。塚本と坂下は医局を追い出されるように出てから下りエレベーターに乗り込んだ。他の乗員がいない密室で坂下が言葉を発した。

「あの先生の言ってること信じますか？」

「半分本当で半分嘘くらいに思っとけばいい。それより梅原医院の捜査ネタをゲットしたことが収穫だ」

エレベーターが一階に着きドアが開くと、上りを待っていた見舞客がドア前で待ち構えていた。二人はその人らをかき分けるようにしてロビーに出ていった。ロビーを抜けて正面入口から外に出ようとしていた二人の刑事が足を止める。

入口からハウゼン製薬のＭＲ、神農が女性と二人で入って来た。スカートスーツの女性は同僚ＭＲの木村沙也だった。ビジネススーツの神農が女性と話をしながら離れたところを通り過ぎていく。塚本が歩き出して坂下が名残惜しそうに振り向きながらも後に続いた。

神農と沙也が医局へ続く廊下を歩いていくと、佐久間医師が理事長室から出てくるところだった。見つけた沙也が駆け寄っていき、あわてて神農も駆け出した。

「佐久間先生、これから病棟ですか。少しの時間でいいんです。新薬の情報提供の時間をいただけませんか」

「木村さん、悪いけど人を待たせてるんだ。今度にしてくれ」

「先生、今度と言いますと、いつがよろしいでしょうか。アポイントいただけると助かります」

「今日だったら夕方の五時以降だったら医局にいるけど。それとも来週がいいかな」

「今日お願いできますか。来週は大阪本社で製品教育研修がありまして朝から晩まで五日も拘束されちゃうんです」

「最近のMRさんは大変だね。それじゃ、また夕方に」

佐久間が非常階段を使い下の階に降りていった。鉄製ドアがゆっくりと閉まるのを待って神農が話しかけた。

「随分あの先生に気に入られてるみたいだな」

「そうですか？　普通だと思いますけど」

「消化器科部長の佐久間先生だろ、気難しいのでMRの間では有名な先生だけど」

「いつもあんな感じですよ」

「気をつけろよ。先生、木村の胸ばっかり見てたぞ」

「あ！　それセクハラ」

あわてて神農が言い訳した。

「俺はセクハラに気をつけろという意味で言っただけだから」

「今はそんなのもセクハラなんです。セクハラ事例集に載ってましたから。次は社内のセクハラ一一〇番に通報しちゃいますよ。来週の研修は、そういう内容もプログラムにあるんですから」

冷や汗が神農の背中を流れ落ちた。

「あたし、医局秘書さんに他に在室してる先生の名前聞いてきますね」

沙也が医局入口から秘書に声をかけてしばらく話をしてから戻ってきた。

「他にターゲットの先生はいないようです。先にランチ行きませんか。おごってくれたら、さっきの件の告訴取り下げます」

「ランチで告訴取り下げって、それパワハラじゃないの？」

二人は病院内のカフェテラスに向かった。

42

五階の消化器センターに佐久間が姿を現した。センターには廊下をはさんで五つの内視鏡室があり、そのうちの第五内視鏡室に佐久間が入室していく。室内では濃緑施術衣に着替えた医療器械会社営業マンと内視鏡メーカー技術者がスタンバイしていた。

南東北記念病院消化器科は消化器内視鏡診療治療の研修指定病院診療科であったため、

各大学医学部を卒業して医師国家試験もパスした研修医らが内視鏡実践操作技術習得のため研修におとずれていた。佐久間は消化器内視鏡学会の胃十二指腸と大腸の認定指導医だった。

入室して来た佐久間に営業マンの荒川富士男が話しかける。

「佐久間先生、ご要望通りの消化器内視鏡手技取得用バイオニック・ヒューマノイドが出来上がりました」

診察台にはシーツを掛けられた人型精密人形が横たわっていた。等身大の人形は内視鏡操作の訓練で消化器科の指導医や研修医が使うものだった。

佐久間が隣の準備室で濃緑の施術衣に着替えて準備ができるとイベントが開始された。

「本日の進行を務めさせていただくジャパンメディカルマシン社営業部の荒川です。まずは開発企業の株式会社オリオンパース光学研究技師の斉藤さんから概要紹介お願いします」

メーカー研究技師の斉藤徹浩《さいとうてつひろ》が説明を始めた。

「こちらの消化器内視鏡手技取得用バイオニック・ヒューマノイドBH01はオリオンパース光学が会津工科大学のロボット工学科、医用生体工学科および医療IT科の協力のもと、南東北記念病院消化器センター様および日本消化器内視鏡学会認定指導医の佐久間澄央先生と共同開発した最新機器です。作業は共同開発者の佐久間先生とともに厚生労働省への申請資料作成を目的にしています。本日は食道、胃、十二指腸の順に作動状況についてデータ取得していきたいと思います。佐久間先生、準備はよろしいでしょうか」

佐久間が診察台に近寄り、人型精密人形のシーツを取り去った。佐久間の動きが止まった。リアルな顔と両の瞳が佐久間を見つめていた。その顔は太田花奈だった。両の乳房は左右で大きさの違う花奈の乳房の形をしていた。そして両太ももの付け根、股間には空洞のホールポケットが開いていた。斉藤からは産婦人科領域治療手技習得のため、今後改良の余地を残した部分という説明がなされた。

佐久間が内視鏡チューブを人型精密人形の口に挿し込んだ。その手は指導医の素質を疑われるほど細かく震えていた。

43

朝、五十嵐は特捜本部に行く前に猪苗代署総務課で新聞を読むことを日課としていた。地方紙『福島新報』の朝刊を手に取り、デスクの上に広げて読み始めた。出勤してきた亜寿佐が二階の特捜本部に上がる前に挨拶していく。

「五十嵐さん、おはようございます。先行ってますね」

折りたたんだ新聞紙を見せながら五十嵐が呼び止めた。

「白川、捜査会議が引けたら、これ買いにいこうか」

「新聞ですか？」

「違うわい、広告の載っている『福島あけぼの』十二月号だよ。半分財界誌で半分ゴシップ誌だ。この新聞の雑誌広告を見てみろよ」

亜寿佐が新聞を背伸びしてのぞく。主な記事内容がずらずらと紙面下段に掲載されていた。記事の見出しには『郡山の老舗薬品卸、緑川薬品が消滅の危機』『全国展開する大手薬品卸に吸収合併されるしか道はないのか』『取締役社長の緑川正一単独インタビュー』『同族企業がむかえた危機、副社長急逝に続いて血縁者のスキャンダラスな死』などがあった。

「この血縁者のスキャンダラスな死、の部分は優歌さんのことですね」

「確かにスキャンダラスと言えばその通りなんだが、文字面を見ると何とも軽薄な事件に見えてくる」

「深刻な事件なのに……」

「管理官に会議の前に一応知らせとくか」

五十嵐が離れたデスクの女性一般職員に新聞をかざして声をかけした。

「すいません、ここんとここコピーしてもらっていいですか」

女性職員が面倒くさそうに答えた。

「それだったら、管理官がさっきコピーしていきましたよ」

亜寿佐が思わず口走った。

「あちゃ、先回りされましたね」

五十嵐が亜寿佐をにらんだ。

44

メトロポリス東京バレエ団町田本部を二度目の東京出張捜査で黒田と青木が訪れていた。本部応接室で待たされていると、団理事長の烏丸雪乃と中年男性が入室してきた。男性は長髪、ジャケット、ハイネックシャツ、スキニーパンツ、靴までが黒一色だった。

「隣は芸術監督の十和田です」

雪乃が紹介した男性はメトロポリス東京バレエ団芸術監督の十和田翼《とわだつばさ》だった。

「芸術監督の十和田と申します。理事の一人でもありますので同席させていただきます。今日はどのようなご用件でしょうか」

黒田が話を切り出す。

「早速です。緑川優歌さんと、その姉妹または関係者との接触について、亡くなられた優歌さんから何か聞いたことや見たこととかはないでしょうか？　何でも結構です」

雪乃は十和田と顔を見合わせ、十和田のうなずきを見ると話し出した。

「当バレエ団のポワント基金をご存じかしら」

黒田が首をひねる。

「ポワント……、ですか？」

「バレエシューズあるいはトウシューズはご存じ？」

「バレリーナが踊るときに履く、爪先部分が平らになってるやつですか」

「刑事さん、ポワントはバレエ専用シューズです。一足の値段がいくらするのか、失礼ですが素人の方はご存じないので申し上げますね。既製品ですと七千円前後、オーダー品ですと一万から一万五千円はします。そんなものかと思われるでしょうが、プロのバレリーナは一回の練習で履きつぶしてしまうこともあります。費用は基本、個人負担です」

「一回で一万円がぶっとぶんじゃ大変ですね」

黒田の相槌を雪乃が無視して続ける。

「ですから、当メトロポリス東京バレエ団ではポワント基金という制度を設けています。ポワント基金の目的はバレリーナにポワント購入資金を援助するため。メトロポリス東京バレエ団は発足当初は資金的に厳しい財政状況にありました。当時の理事長の発案で団員のためにポワント基金という制度を設けました。ポワントは多数の回転など激しい踊りでは、一日の公演で消耗、摩耗、型崩れがおきてダメになってしまう場合もあります。プロ用の良いものですと専用職人による手作りで安いものではない。そこをパトロン様から援助いただけないか、一口、五千円から何口でも」

　手帳にメモしていた青木が口をはさむ。

「いい考えですね」

「はい、仕組みとして団員個人を指名しての援助も可能ですが、寄付金額の半分が個人、残りの半額が団に入り団員らに配分されます。一口五千円で十口、年間五万円以上を寄付いただいたパトロン様を本部に招待して、感謝の意を表すポワント贈呈式が毎年七月の第一日曜日の昼にあるんです。優歌さんは、ご両親以外にも無名時代から熱心に応援してくださるパトロンがいらっしゃいました」

　黒田が遠慮なく聞いた。

「そのパトロンは誰です？」

「何せ個人情報なものですから、お教えするのはどうかと」

「警察からの要請に個人情報は基本的に提供されることになっています」

　雪乃が、あきらめたように話し出した。

「太田さんとおっしゃる年配の女性で、正確には帳簿類を調べてなければ分かりませんが、優歌さんが舞台デビューした頃から援助して頂いてたはずです」

　青木がメモしながら呟く。

「太田沙苗さんのことですかね？」

「下のお名前は今すぐ思い出せません。事務局で聞いていってください。五年近く続けて贈呈式に来ていたので顔は覚えています。お名前を聞いたことが一度あって、それが太田さんでした。実は太田さんとは印象的な出来事がありました。贈呈式は元々ご家族様お一人まではご同伴も可能なのですが、ある時に娘さんがご一緒されていて……」

青木が先をうながす。

「娘さんが、どうかしました？」

「その娘さんが優歌さんに凄く似ていたのですが、変に勘ぐるのもどうかと思いまして何も聞きませんでした」

「その時の優歌さんとか太田さんらの様子はどうでした？」

黒田の問いに雪乃が首を傾ける。

「そこは憶えていないんです。何せ招待するパトロンは通常五十名以上いまして、それぞれに応対が必要なものですから」

青木がメモを閉じて贈呈式関連の記録を閲覧することを提案した。雪乃の同意に十和田が団事務局への案内をかって出た。

レッスン室前の廊下を十和田を先頭にして二人の刑事が続く。大ガラス向こうでは大勢の男女バレエダンサーが基本動作、舞台の振り付けを練習していた。その中に玉野香織の姿もあった。

　十和田が歩きながら話し出した。

「優歌さん、もったいなかったですね。ありきたりな言い方ですが将来を嘱望されていて、これからという時に」

　黒田も歩きながら会話する。

「嘱望といっても色々あるとは思いますが、素人にも分かりやすく説明してもらえますか」

「そうですね……。今年初めまでの団での階級はファースト・ソリスト、主役に次ぐような重要な役でソロも踊れるダンサーでしたが、年内にも主役ダンサーのプリンシパルになれると感じていました」

「オデットみたいな？」

「刑事さん、よくご存じで。他には『ジゼル』や『シルフィード』の役とか。どちらも『白鳥の湖』とともにストーリーと衣装のイメージから三大バレエ・ブラン、白のバレエと呼ばれるロマンティックバレエの演目です。バレエ・ブランには優歌さんのような清楚で可憐なイメージのダンサーが向いてるんです」

　十和田が立ち止った。

「刑事さん、団内で私と優歌さんのことを恋愛関係でもあったかのように言う人がいるかもしれませんが、事実ではない点だけは言っておきます」

返答に困った刑事たちにかまわず、十和田が近くのドアを開けた。

ドアが開けられた団事務局内では電話対応したり、パソコン、ファックスを操作する事務職員が働いていた。十和田は事務職員に幾つかを指示すると、これから次の公演の振り付けレッスンがあるからと言って出ていった。

事務局で必要な情報をプリントアウトしてもらい、黒田と青木はメトロポリス東京バレエ団町田本部を出た。外は日没の時間が迫っていた。

その時、青木のスマホに着信があった。見慣れない番号通知に警戒しながら応答すると相手は玉野香織だった。

『青木さん、刑事の青木さんですよね。玉野香織です。憶えてます？』

「前に優歌さんの後輩だと話をした方ですよね」

青木がスマホのスピーカー機能をオンにした。香織の声が黒田にも聞こえる。

『さっき、レッスン室前の廊下を通ったのを、お見かけしたものですから。いただいてた名刺に書いてあった携帯番号にかけてみたんです。つながって良かった』

「何か思い出しました？」

『今レッスン終わったばかりなんですけど、この後、お時間ないですか？　優歌さんのことで、話したい人が他にもいるんです』

「誰ですか？」

『男性ソリストの相馬さんです。優歌さんとお付き合いしていた人です』

青木が黒田を振り返った。腕時計を指さして黒田がＯＫのサインを出した。

45

ＪＲ町田駅前ファミレスのテーブル席で二人の刑事が待っていた。待ち合わせ時間十八時少し前に香織は現れた。

香織に続いてスタイルの良い長身イケメン男性が入口から入って来たのを見て黒田が嘆いた。

「同じ人間かよ、あいつカッコ良すぎだろ」

「ちょっとガッカリですね。香織さんと二人ってのが」

青木が手を振ると見つけた香織の表情がいっぺんに明るくなった。イケメンが遠くから頭を下げて挨拶する。コートを脱ぐと、二人の男女は冷水を運んできたウエイトレスにホットコーヒーを注文して席に着いた。

「こちら、バレエ団の相馬さんです」

「相馬将《そうましょう》と申します」

クラシックバレエの男性ダンサーは年齢の早い段階で筋肉が付きすぎるため身長は伸び悩みするのが普通だったが、相馬は日本人ダンサーにしては高身長だった。

名刺を渡して黒田が本題に入った。

「相馬さん、優歌さんについての情報があるとお聞きしましたが」

香織が肘で脇腹をつつくと意を決したように相馬が話し出した。

「優歌は誰かに殺されたんですよね……」

「現在捜査中のことでして、まずは相馬さんの話をお聞きしたいのですが」

「分かりました、お話しします。優歌も変に親の遺産が入ったものだから、おかしくなっちゃって」

「おかしく、というのは？」

「やっぱり金遣いが荒くなってしまって。僕は前みたいに堅実にやっていこうと言ってたんですが」

「相馬さん、優歌さんのご両親が資産家だったのは、どの程度知ってました」

「優歌は家が裕福で他に有力なパトロンが付いていたのは、僕もそうですが団員の皆ほとんどが知ってました。ご両親が続けて亡くなられて遺産相続したのも噂でした」

「なるほど、優歌さんはお金を持っていると」

「お金があると知った団員から借金の申し込みなんかもあったようです」

「借金のトラブルですか。貸す貸さない、返せ返せないとかですか」

「僕が聞いた限りでは、優歌はお金の貸し借りは全部断っていたと思います。優歌は案外ドライな性格で、女性をたとえるのは違うかもしれませんが、いわゆる一匹オオカミ的な性格でしたから」

香織が相馬の話を引き取る。

「孤高の人だったのは、この前も刑事さんに言いましたよね」

黒田を見ながら青木が言った。

「群れない人は、どの組織にもいますから」

青木の視線に気づかず、黒田が続ける。

「金銭に限らず、具体的に何かのトラブルとか思い当たることがあるんでしょうか」

相馬が隣を横目で見ると香織がうなずいた。

「実は年末の団公演でオデット役に内定していたんです」

「『白鳥の湖』の主役ということですか？」

「そうです、初めてのプリンシパルで優歌も凄く喜んでました。それが……」

「それが何ですか？」

相馬が瞬間、言いよどみ、そして話しだした。

「オデット役を金で買ったという噂が団内に流れたんです」

黒田が右手でペンを持つような仕草をして青木に合図した。青木は必死に手帳にメモしていた。

「それは、誰かを買収したというような噂？」

「そう考えていただいても間違いではありません」

「バレエ団では、よくあるんでしょうか」

「過去のバレエ界で全くなかったとは言いきれませんが、少なくともメトロポリス東京バレエ団ではないと確信しています」

「確信ですか。それは、どうして？」

「実力がなければ最後は不正な配役がばれてしまうからです。優歌は実力で役を勝ち取ったんです」

黒田が追及した。

「でも実力拮抗という場合もあるでしょう。何人かの候補者がいて、そんなに差がないケースとか」

ゴクリと音をさせて相馬がグラスの冷水を飲みこんだ。

「刑事さん、バレエ団はニュースターを常に求めています。今回がそれで、優歌に白羽の矢が立ったということです。そこにお金は介在していないはずです」

「失礼な言い方で申し訳ない」

すまなさそうな表情で黒田が頭を少し下げた。

「刑事さんが言いたいことは想像できます。ですが違います。ただ……」

話を中断した青年を刑事らが直視した。間があって話が再開した。

「バレエ団の中は狭い社会です。一度、主役をお金で買ったとか体で買ったとかいう噂が出てしまうと、それを打ち消すことは不可能に近いんです」

二人の刑事が同時に同じ言葉を発した。

「体で買った？」

テーブル上の氷の入った冷水のグラスを香織が両手で抱えていた。グラスの氷が溶けだしカチャンと音を立てた。

「刑事さん、口が滑りました。体の件も噂に過ぎませんから」

両手で抱えた香織の冷水グラスが小刻みに音を立てていた。グラスの中の氷が回転する。

グラスの氷を見つめていた香織が目線を上げて刑事らを真正面から直視していた。

46

ＪＲ東京駅を定刻午後九時四十四分に出た新幹線『やまびこ２２３号仙台行』が宇都宮

駅を過ぎた。次の郡山駅に停車する午後十一時七分までは三十分あった。

平日夜の東北新幹線は新幹線通勤客で混むことはあっても宇都宮を過ぎると座席はガラガラ状態となる。微振動が新幹線を揺らしていた。青木が捜査メモを整理しながら書き直していた。列車中央三列シートで周囲に乗客のいないことを確認した青木が黒田に話しかけた。

「クロさん、今いいですか?」

リクライニングを目一杯倒して目を閉じていた黒田が薄目を開けた。

「何だよ」

「明日朝の捜査会議の報告打ち合わせいいですか、問題点を整理したいんです」

「少しなら、いいけど」

「優歌は一つ目の問題点として、親の相続がらみで金銭トラブルに巻き込まれていた可能性があった。二つ目の問題点として、公演の主役抜擢にからんで団内で芳しくない噂を立てられていた。噂は金銭および肉体による買収疑惑で相手は芸術監督の十和田。二番目の問題については、十和田に聞く必要があることも十分考えられます。妙な予防線を張っていたのも気になる。三番目の問題点は太田沙苗が緑川優歌を五年間にわたって資金的に応援していた。そのことに太田花奈は気づいた。少なくとも去年七月のポワント贈呈式では知ることになった」

「それで」

「花奈本人、自分は脳腫瘍。自分の分身である姉の優歌は将来を嘱望されたバレリーナ。しかも母親が五年間も自分に黙って資金援助もして会ってもいた」

「だから?」

「不条理を感じたのかも。花奈が優歌を殺す動機がここにあったと思うんです。ここに同じ時間に同じ母親から産まれた多胎児がいる。一人が別の一人との境遇差を自分の中で納得や理解できなかったとすれば殺意に昇華してもおかしくない」

「青木、昇華の使い方が間違ってるぞ」

「えっ?」

「とにかく今は眠いから俺は寝る、以上」

黒田が目をつぶり、それを見た青木は捜査報告書をそっとバッグに仕舞った。

47

令和元年十一月九日からロシアの『マリノフスキー・バレエ団』来日公演が東京上野の東京文化会館で行われていた。この日、十一月十七日の日曜日は『カルメン』から始まり

『ドン・キホーテ』そして『白鳥の湖』へと各三日間公演が続いた公演最終日だった。

二階席最前列中央席で聖十字渋谷看護専門学校に在学していた椿原里奈が観ていた。イワン・ゲルギエフの指揮するマリノフスキー歌劇場管弦楽団による『白鳥の湖』第二幕演奏が始まった。

真珠のような月が水晶様の湖水に光を投げかける夜。クロスボウを持ったジークフリード王子は湖畔にたどり着き、美しい白鳥を見つける。矢を放とうとしたとき白鳥は美しい娘オデットの姿に変わる。

オデットは悪魔ロットバルトに白鳥に変えられた身の上話を語る。湖のほとりで夜の間だけ人間の姿に戻ることができるが、悪魔はフクロウの姿で監視している。呪縛は真実の愛の誓いのみによって解くことができるのだと。オデットの他にも白鳥に変えられてしまった乙女たちが次々と現れて舞い踊る。二十四人の乙女たちは、ある時は一群となり、ある時は二群となり群舞を踊る。

その群舞を見ていた椿原里奈は戴帽式《たいぼうしき》のことを思い出していた。戴帽式は看護学生が初めての病院実習に臨む前にナースキャップを与えられ、職業意識と責任を自覚するための儀式だった。照明を落とした講堂で純白のナース衣を身に着け、キャンドルを持った戴帽生が一人一人、ナイチンゲール像の持ったキャンドルから灯りを受け取る。同学年、数十名の戴帽生が祭壇に次々に整列していく。そのキャンドルの灯りの中でナイチンゲール誓詞を朗読するのが戴帽式だった。里奈が物思いしているうちに舞台は進行していく。

湖に朝がやってきた。オデットは白鳥の姿に戻っていく。王子は白鳥の残していった小さな羽根を手に真実の愛について思い悩むのだった。

48

猪苗代署の特捜本部において朝の捜査会議が行われていた。青木の報告を聞き終えた南雲管理官が質問する。

「青木巡査、花奈と優歌の接点について確実性はあるのか」

「ポワント基金出席者名簿と関係者証言を組み合わせればいけるかと考えます」

青木が着座すると同時に南雲が県警本部鑑識課からの報告を読み上げる。

「本部鑑識によれば、一卵性多胎児はＤＮＡでの判別は不可能。多胎児には三つ子なども含まれる。ただ、一卵性でも識別証拠がいくつかある。成長過程で発生する指紋やホクロ、そして歯科治療痕。指紋とホクロは受精卵が分裂した後で個別に成長する過程で出来上がるし、虫歯治療も個人的。歯科関係は必要に応じて捜査する。優歌と花奈は指紋ＤＮＡを入手済みでＤＮＡは一致している。菜美は本人に協力を願っていく」

「ＤＮＡより指紋と虫歯ですか。時代が逆行した感じですね」

「一周まわって元に戻るってことか」

隣の青木より先に黒田が席を立った。

49

職員休憩室で昼の仕出し弁当を食べていた五十嵐のところに亜寿佐が足早にやってきた。

「五十嵐さん、ちょっといいですか。さっき神農氏の捜査資料をあらためて読んでいて気になった点をハウゼン製薬の上司、杉沢所長に電話で聞いてみたんです。最初は個人情報だからとか渋ってましたけど、警察からの刑事訴訟法に基づく捜査関係事項の照会への回答は除外規定ですと言ったら、あっさり教えてくれました」

五十嵐が箸を止める。

「それで何か分かった？」

「家族関係を詳しく聞いたら、神農は仙台市出身で父親が調剤薬局チェーンを経営していています。宮城県を中心に多店舗展開していて会社名はシンノー調剤薬局グループ。福島県だと福島市に三店舗ありますね」

「漢字の神農とカタカナのシンノーが結びつかなかったが、そういえばシンノー薬局って聞いたことあるな」

五十嵐が箸を持つ右手を空中で複雑に動かして『神農』の漢字を書いた。

「神農って割と珍しい名字だと思ってたけど、農業の神様って意味か？　それともどこかにそんな地名でもあるのか」

「今、あたしに聞かれても分かりませんよ。それより、神農は現役で複数の大学医学部を受験していますが全て不合格になっています。一浪後の翌年にも再トライしましたが、それも失敗して最終的に地元の仙台薬科大学に入学しています」

「志望変更にはなったが、薬局チェーンの御曹司なら薬大に入って正解の気がする。将来的な薬局経営を考えると薬剤師になってたほうが何かと都合がいいわけだし、自分もそこで働ける。でも薬品メーカーに就職したんだろ？」

「御曹司はともかく、薬剤師の就職先は病院や薬局が多いですが、MRを一度やってから薬局勤務や自営開局する転職も多いそうです」

「社会経験の一つみたいな感じか。それで何が言いたいんだ」

「二つの遺体第一発見者の神農と矢内菜美は大学、一緒ですよね。二人が薬大時代に知り合っていたと考えるのが自然です」

「ん、神農と菜美は何歳違いだ？」

「一歳違いですが、神農は一年遅れて薬大に入ってるじゃないですか」

「留年がなければ卒年も同じか。薬大は今、六年制だったな」

「二人は薬大の同学年ですよ。部活かサークルが同じ可能性だってあるし、杉沢所長の話だと神農はアーチェリー部で熱心に活動していたようです」

「白川、今の話、クロさんか管理官にしてこい。俺は弁当食ってるから」

亜寿佐が休憩室を出ていくのを見て、残りの弁当に箸がつけられた。食べ終えると、五十嵐はスマホでネット検索を始めた。

【神農は、頭は牛で体は人の中国神話古代の帝王。農耕と医薬の神でもある。大地に生える草をなめて薬の効用を調べ、日に百草のうち七十の草毒にあたりながら薬草を見つけ続けた漢方医学の神】

【神農祭は大阪市指定無形文化財で少彦名神社（通称　神農さん）の例大祭。大阪でコレラ流行時に薬種商が新薬を神前祈願してから施与したのが起源】

【全国名字ランキングで六千位台。しんのう、じんのう、じんの、かんのう、かの、など多様な読み方がある】

「なんやかんやで薬には関係してるのか」

お茶も飲み終えた五十嵐は休憩室後方に向かい、テーブルに積み重ねられた弁当群から亜寿佐のために弁当を一つ確保した。

50

　この日の昼過ぎ、特捜本部に情報が入った。それは福島県会津地方西部に位置する新潟県境の町、金山町《かねやままち》の町内でも沼沢湖《ぬまざわこ》に近い『金山町立　幻想美術館』からの一本の電話から始まった。美術館は金山町出身の英文学・比較文学の大学名誉教授が収集した美術的文学的資料の展示と保存を目的として設立されていた。近くの沼沢湖にはドラゴン伝説があり、夏は霧に包まれ冬は雪と氷に閉ざされる幻想的な森の中に美術館はあった。

　いくつかの転送を経由した電話に出た塩入温子巡査部長に学芸員を名乗る女性、宮下エミカから緑川優歌の事件について関連性を示唆する情報がもたらされた。

　南雲管理官の了承と黒田へも連絡の上、温子は会津の地理に詳しい三島信乃介巡査の運転で金山町に向かった。会津地方から新潟県魚沼市に抜ける国道252号線から分岐した山間道路を進みローカルスキー場脇を通過すると沼沢湖があり、その湖畔近くに『金山町立　幻想美術館』はあった。

　手前の駐車場から石畳の緩い坂を上っていくと三角屋根の洋館建築建物があった。正面入口すぐに玄関ホールがあり右手が受付窓口になっていた。温子と三島が警察手帳を提示すると事務室の扉から学芸員の宮下エミカが現れた。

「電話したのは私です。まずは、こちらへ」

軽やかな声が見学者のいない閑散とした美術館内に響く。エミカは平均的女性より高身長で、痩身にフォレストグリーンのワンピースをまとった金髪ショートカットの女性だった。

歩き出したエミカに続いて展示室に二人の刑事が入っていく。壁にはアイルランド妖精の絵画がいくつも掛けられていた。大小の妖精フィギュアがガラスのショーケースに数多く展示される中央フロアを進むと展示室奥で特別企画展が開催中だった。『オスカー・ワイルドとサロメ幻想』展コーナー前でエミカが立ち止まる。

「お見せしたかったのは、こちらの人形です」

指し示された手の先にあったのは、低い台座に剥き出しで展示された裸女性の等身大人形だった。片方の足には七枚の薄く透けた白いヴェールが巻きついていた。

人形の容貌が被害女性の緑川優歌に似ていることに気づいた刑事らが一瞬息を飲む。

「この作品は事件に巻き込まれた緑川優歌さんがモデルではないかと、多数の問い合わせがありまして……」

黒髪ロング女性が一糸まとわない姿で両膝をついてひざまずき、両手で顔前に銀色の大皿を掲げていた。大皿には長髪無精髭の男性頭部が載っていた。閉じた両目から血の涙を流し、荒々しく切られた首の切り口から流れ出した血液は大皿の底を赤黒く隠していた。

台座には『作品名　聖ヨハネの首を受け取るサロメ　シリコン人形作家　赤星精児《あかぼしせいじ》　白河市在住』の横プレート。

「これはどういう経緯でここに展示されているものですか」

温子の問いにエミカの視線が特別企画展の作品らに注がれる。

「十九世紀末に生きた文学者オスカー・ワイルドはアイルランド出身で幻想文学への理解も深いところから、今回企画展のテーマとして選ばれました。サロメは彼の代表的な戯曲で新約聖書から題材を得ています。ユダヤ王ヘロデは異母兄ペリポの妻ヘロディアスに魅入られ、今の王妃を離縁して婚姻しようとします。ヘロディアスはペリポを見限りますが、ユダヤの立法では妻から離縁はできません。今で言えばダブル不倫です。それを知った聖者ヨハネ、ヘブライ語表記だとヨカナーンは不道徳を理由に市中で猛反対します。ヘロデは怒りヨハネを捕らえ獄に入れますが、ヨハネを慕う群衆の反乱を恐れ殺せません。日が立ち、ヘロデの誕生祝宴でヘロディアスの娘であるサロメが祝いの踊りを見せます。それはストリップティーズと思われる『七枚のヴェールの踊り』でした。喜んだヘロデ王は褒美として望むものを与えることを誓います。母親にそそのかされたサロメは銀の大皿にのせたヨハネの首を望みます。これは、実は愛の復讐劇でした。獄中のヨハネにサロメは恋をしていたのですが、冷たく拒絶されていました。ヘロデも最後は多くの列席者前での誓いを破れず、獄中のヨハネを衛兵に切らせて殺し、その首を大皿にのせてサロメに与えるのです」

「この人形サロメの顔は被害女性に似てると思いますが、それだけでは何とも言えません。他にも何か情報をお持ちですか」

「赤星さんに作品依頼をしたのは以前にも別の企画展で人形を制作していただいた際の評判が良かったものですから、今回の企画展でもお願いしました。この作品は四月末から展示されているのですが、最近になって外部から電話やメールで問い合わせが増えました。もとはSNS情報のようですが、バレリーナの緑川優歌さんに似ているが許可は取ってあるのかとか、肖像権の侵害にあたらないのかとかクレームが多く寄せられたものですから」

「写真撮らせてもらいますね。捜査で必要ですから」

温子がスーツポケットからスマホを取り出してシャッターボタンを押しながら質問する。

「問い合わせといいますと、日に何件か月に何件とか分かりますか。大体で結構ですが」

「そうですね……、最初のうちは日に二、三件でしたけれど、例の優歌さんの事件が公になった翌日からは多い日で三十件くらいでしょうか。最近は減りましたが特にコアなバレエファンからの直接抗議は、いくら違いますと言っても信じてもらえず精神的に参ってしまうくらい厳しいです。作者の赤星さんに連絡しましたらモデルには問題ないからと言われたのですが。当館は十二月から三月始めまでは冬季閉館になっております。企画展終了後には撤収しますが、その前に警察へ情報提供しておいたほうが無難かと思いまして。それと……」

「それと何ですか？」

言いよどむエミカに温子が先をうながす。

「緑川優歌さんに似ていると変な評判が立ち始めた頃、優歌さん本人が企画展を見に来ていたかもしれないと思い出しまして。帽子とサングラスにマスクをしてらしたのですが、顔立ちと背格好が似た来館者様が熱心に『聖ヨハネの首を受け取るサロメ』を見てらしたものですから、後から思うと本人だったような気もして一時は落ち着かない日々を過ごしました。芳名帳もだいぶ前にやめてますので確認しようもないのですが」

「見かけたその人が本人かどうかはもう分からないでしょうから、あまり気にしないほうがいいと思いますよ。ところで、この作家の赤星精児さんについて、もう少し教えてもらえますか」

「赤星さんは県内在住で業界ではそれなりに有名なシリコン人形作家です。ですが、本業はむしろ性的なラブドール製造業者さんなんです。偏見かもしれませんが、以前から金銭関係の乱れとか余り良い噂を聞かないものですから、今回の事件に関係しているのじゃないかと。連絡先なら分かりますが、美術館から連絡してみますか。白河市内に工房をかまえてるはずです」

エミカの好意を三島がさえぎる。

「宮下さん、連絡先を教えていただくのは有り難いのですが、実際の連絡は捜査の都合もありますので、警察でやらせてもらいます」

三島の高圧的な物言いに瞬間、眉をひそめたエミカだったが当面の情報管理について警察への協力は同意した。

幻想美術館を出た二人の刑事は特捜本部までの帰路、車内で見込みを話し合った。ナビシートの温子が要点を整理して時おりネット検索もしながらノートに書きだしていた。

夜の捜査会議で幻想美術館学芸員の宮下エミカからもたらされた情報報告がされた。優歌に似た容貌の人形と製作者である赤星精児にまつわる評判とSNSでの噂、優歌らしき見学者について。その間、三島が前方スクリーンに人形サロメをプロジェクターから投影する。会議室内にざわめきが起こり、赤星の捜査を主張する温子に南雲管理官は任意聴取での白河市内工房捜査を認めた。

51

翌日午前の早い時間、東北自動車道を南下していた覆面パトが栃木県境も近い白河中央インターのETCゲートを通過した。小高い丘の上に立ち並ぶ白亜色壁の巨大工場を横目に緩い坂を下り、国道4号線に合流した覆面パトは白河市の市街地に入った。江戸幕府老中、松平定信の居城だった小峰城を過ぎて市内中心部にある一軒家に温子と三島はたどり着いた。

閑静な雰囲気の城下町に古風な家が立ち並ぶ。門柱と生垣に囲まれた広い庭と駐車場を持つ木造二階建ての家が人形製作者、赤星精児の工房だった。人の背丈ほどの門柱に表札がはめ込まれ、ヒビ割れた陶器製表札には『赤星人形工房』とあった。屋根付き駐車場に白河ナンバーの車が二台格納されており、一台は白の商用ワンボックスカーで、もう一台はカエル顔の黄色い低年式ポルシェ911だった。

覆面パトを雑草の生えた庭隅に駐車させて二人の刑事が降り立った。玄関チャイムと外からの声かけに反応がないため、引き戸を開けて温子が中に声をかけると機械作業音が止んだ。家の奥から耳と鼻にピアスをしたスキンヘッドの肥満男性がデニムエプロン姿で現れた。警察手帳を見せて用件を伝えると赤星精児はすぐに用件を察した。

「ネットで噂が出回っていたのは人形師仲間からの情報で知ってたから、いつか来るかなとは思ってたけど、警察って本当に急に来るのね。ここじゃ人目もあるから工房に行きましょうか」

靴を脱いでスリッパに履き替えた刑事らが赤星に続いて奥の工房に入ると強烈な合成樹脂臭に見舞われた。壁際のスチール棚には大小のシリコンゴム棒や各色の塗料缶が雑然と並べられていた。

「うわっ、臭っ！　あなた、いつもこんな部屋で仕事してるの？」

温子が思わず息を止める。

「慣れですよ、慣れ。刑事さんもすぐに慣れますよ。あたしの父はもう死んじゃったけど歯科医で、ここは歯科技工士の作業場だった部屋。あたしは歯学部受験に失敗して歯医者になりそこねたけど、手先の器用さは受け継いだみたい。まあ、座ってお話ししましょ。作業場が居間みたいなもんだから、ここでいいかしら。今片づけちゃうから」

作業机の上に散らかっていたカッターナイフやノコギリを工具箱に仕舞ってから赤星が椅子に腰掛ける。

「そちらへ、どうぞ」

うながされた刑事らがガラステーブルをはさんで対面ソファに座る。

「で、どんな何の話を聞きたいわけ？」

温子が聞き役で、三島が手帳にメモする。

「警察が来た理由をお察しいただいているようですので単刀直入にお聞きしますが、金山町の幻想美術館に展示されている『聖ヨハネの首を受け取るサロメ』について制作の経緯を教えていただけますか」

「あれね、あれは学芸員から企画展作品の出品打診があって、デザイン画をそえてアイディアを出した。そしたらＯＫが出たので造った作品よ」

「サロメに実在のモデルとかいますか？」

赤星がギョロリと目を剥いた。

「ＳＮＳの噂なら知ってるわ。顔が猪苗代湖で首と胴に分かれて見つかった女性に似てるらしいわね。緑川優歌っていうバレリーナなんでしょ。正直に言うわ、サロメには実在のモデルがいる」

ため息をついて赤星が続ける。

「モデルとは同意契約書をとりかわして領収書も出してるけど、実際に誰かは分からないわ。本当の名前住所を書く人は普通はいないし、確かめもしない。その方が後でお互いに身の安全を保てると思ってるから。あのモデルについてはお客さんの紹介だった」

「その客とは誰ですか？」

「個人じゃなくて企業よ」

「企業？」

「オリオンパース光学よ。白河中央インター近くに大きな工場があったでしょ、あれ全部がオリオンパースの白河工場と研究所なの」

オリオンパース光学は昭和十一年、１９３６年に光学顕微鏡製造を主体として創業され、１９６０年代になりフィルム式カメラ製造に参入した光学機器製造の大企業だった。一時は小型カメラのヒットシリーズでカメラ業界を一世風靡したが、デジタル化対応遅れとスマホ普及による市場縮小により、現在のカメラ事業部は慢性的な赤字が続いていた。

「今度、カメラ事業部を分社化してから中国の投資ファンドに売却するらしい。それで株価が随分上がったって聞いた。ただ、ここ何十年も利益を上げていたのは医療機器事業部で、今じゃ売上の80％、営業利益で90％を稼いでるんだって。しかも、そのほとんどが世界シェア№1の内視鏡。そりゃ、土地が安い白河にデカい工場や研究所くらいドカンと建てるわよね」

スマホで企業検索していた温子が赤星を見ないで言う。

「どうして、そのオリオンパースが人形のモデルを紹介するわけ？」

「正確に言うとオリオンパースというより福島市の医療器械販売会社、ジャパンメディカルマシン社を通しての紹介。営業課長の荒川さんとは救命救急リアル人形作成の問い合わせがあったのが付き合いの始め。それ以来、人工呼吸や心臓マッサージ、ＡＥＤ処置用、消化器と呼吸器の内視鏡実習人形も依頼があれば造っている。今までは全部、ヘソから上の上半身のみだった。でも最近、オリオンパースの案件を持ち込んできた。リアルで本格的な消化器内視鏡手技取得用等身大ドール、バイオニック・ヒューマノイドなんてオシャレに言うみたいだけど。それを全国販売したいという意気込みも聞いたわ。だから荒川さんには、よりリアルな医療ドールを造りたいのなら誰か綺麗めのモデルを紹介してと頼んだ」

スマホの着信音が鳴り、赤星がスマホを手に取って相手を確認する。

「ごめんなさい、大事なお客さんからの電話。ちょっと外すわね」

返事を聞く間もなく、赤星は工房を出ていった。二人の刑事は、その間互いの筆記メモ内容を確認していた。

52

しばらくして戻って来た赤星が話を続ける。

「医療用ドールは人工器械臓器や医療操作器具を入れるための空洞を多くしたり、メンテナンス用に分割や開閉する部分が必要だったりして造りが複雑になるの。今回はまして全身ドールでしょ。でも、金額は言えないけど製作費の提示金額が割と高額だったから注文を引き受けた」

温子が質問した。

「注文は一体だけ？」

「三体の注文だった。同じ仕様でオリオンパースの研究所に直接、三体とも届けた。その後のことは知らない」

「でも、人形サロメに一体は使われてるわけでしょ？」

「ドールの型枠からは注文個数より多めに作るのが普通なの。着色とか仕上げ段階で失敗することもあるから、注文数プラス一個は造る。幻想美術館から展示作品のオーダーが入った時期は医療ドールを納品したばかりで予備で造ったものが手元にまだあったから、ついつい使い回しちゃった。でも悪いことはできないものね。結局、変な事件に巻き込まれるはめになって」

「使い回しの件は分かったとして、実在の女性をモデルにするのは普通のことなの？」

「ドールもすべて一から作るとデザインとか型作りなんか手間が大変なの。一人でやってると自分の好みもあってマンネリ化して顔も体も似てきちゃう。だから現実の女性を採寸したり型取りするほうが断然作りやすいの。あの女性には一度だけ工房に来てもらった。来たときも帰るときも駅からタクシー使ってた。来たときはキャップとサングラス、マスク、ブラウスにジーンズなんてラフな格好。３Ｄスキャナーなんて高級な機材はないから基本はヌードになってもらってボディ全体を細かく採寸して、デジカメであらゆる方向からバシバシ撮って、最後にパーツごとに人工樹脂を塗りつけて型取りしていく。彼女は想像してたより美人でスタイルも良かったわ」

「そもそもだけど、ドールのモデルになりたい女性なんているの？」

「お金よ、お金。美術学校のデッサン裸婦モデルは三時間でせいぜい二万円なのよ。ある程度の金額で募集すればいるわ。基本は三十万ね。交通費は交渉次第だけど実費分を払うこともある。彼女には同意書とモデル代領収書を書いてもらった。保管してあるから見せるわね」

横のスチール棚から書類バインダーが抜き出されてパラパラとめくられる。

「これこれ、住所と名前はどうせ嘘だと思うけど」

台紙に添付された同意書と三十万円の領収書にはボールペンで【郡山市駅前1丁目1郡山ヨウコ】と直線的な文字で書かれていた。三島が捜査ノートに書き写すのを待って温子が質問を再開した。

「モデル女性の件はとりあえず分かりましたが、型とかデータは今あるの？」

「それが残念、廃棄する約束だから。その方が相手も安心でしょ。画像データは消去したし、型は産廃業者へ処分に出した」

「信用していいのかしら」

「廃棄についてはモデルに渡した同意契約書にも記載してるし、取引してる産廃業者には記録もあるはずよ」

捜査ノートにメモしていた三島が口をはさんだ。

「産廃業者からは裏取るぞ」

「好きにしたら、嘘はないから」

刑事らは産廃業者については白河署、モデル女性の存在確認は郡山署へと捜査依頼をその場から行った。

53

事情聴取が終わり帰り支度をしていた温子に三島が捜査ノートを破ったメモを渡してきた。内容を一読した温子がＯＫサインを出すと三島が顔を上げた。

「赤星さん、もう少しだけいいですか」

「何、まだ聞きたいことあるの？」

「本物のラブドールはいくらで買えるものなんですか」

赤星がニヤリとした。

「興味ある？　カタログに載ってるようなものなら百万から百五十万くらいね。消費税は別だけど」

「百五十万！　軽自動車が買える値段じゃないか」

「高い？　少しくらいだったらディスカウントするけど」

「癒着とか賄賂になりそうだから買うのは無理だな。それと一応聞いとくが、アソコはどう作るのかな？　女性の性器部分のことだけど」

赤星が温子に目を向ける。

「女性刑事さんの前だけどいいかしら？」

「あたしなら全然かまいませんよ。仕事上の予備知識として聞いてますので」

温子の返答を聞いて、急に真顔になった赤星が手を横に伸ばし、スチール製キャビネットから肌色の細長い筒状のものを取り出した。

「これがオナホール。簡単に言うと人工的な膣ね。こういう筒状のオナホールはボディと別に作るのよ。ボディ一体型で造形しちゃうと、わいせつ物扱いされて、わいせつ物頒布の罪で捕まるから。素材はエストラマーっていう弾性のある樹脂で作る。ラブドール本体はシリコンで作ることが多いわ。エストラマーはコストが安いけど軟らかい分、耐久性に劣るから。ボディを作るときに股間にオナホールを入れる空洞をあらかじめ作るの。それがホールポケット。オナホールには使う時の専用ローションもあって……」

延々と続く赤星の説明に二人の刑事は辟易《へきえき》しだしていた。商談が不成立になった頃から外は陽が陰りだしていた。

夕方も遅い時間になって刑事らは工房を後にした。オリオンパースの工場群を横目に白河中央インターから東北自動車道に進入した覆面パトは郡山方面に北上していた。運転する三島が前を向いたままで温子に話しかける。

「赤星なんですけど」

「何？」

「家宅捜索の令状取れないですかね、どうも胡散臭い。何か出てきそうに思える」

「クロさんと管理官に報告相談ね。この線が殺しの核心部分に関わっている証拠か、証言があればオリオンパースと福島市のジャパンメディカルマシン、会津若松市の会津工科大学へと捜査範囲を広げたいけど」

温子のスマホが鳴り、電話相手は郡山署だった。捜査依頼事項への回答で、郡山市駅前1丁目1の住所は実在するが全国ホテルチェーンの郡山駅前ホテル住所で、関係者および従業員に【郡山ヨウコ】なる該当者は存在しないという内容だった。

高速道路走行中に二度目の電話着信があり、今度は白河署だった。白河市内産廃業者の一社で随時、赤星から廃材を引き取っており、記録保管状況と業者の様子に特に不審な点はないとの報告だった。今後状況を見ての捜査協力を依頼して電話を切ると、同じタイミングで温子のお腹がグウと鳴った。

54

ＪＲ郡山駅前周辺に季節外れの南風が吹きだしていた。タクシープールとバスターミナルに囲まれた駅前広場を人々が往来する。

夕刻になって点灯した照明に、駅前広場前のベンチに座る女性のシルエットが浮かび上がる。それに男性のシルエットが近寄っていく。

「菜美……」

名前を呼ばれた矢内菜美が振り向くと神農耕助がそこにいた。

「どうして、ここに？」

「たった今、就業時間が終わって営業所から出てきた。駅ビルの食品売場で弁当でも買って家へ帰ろうと思って。俺、いろんな事件に遭遇してるから人事部から行動注意があって、会社から当面の内勤業務を指示されてるんだ。ここで何してた？」

「歩くのに疲れたから座ってただけ、今日は暖かいから。隣、いいよ」

菜美がベンチを手のひらで二度叩くと神農がベンチに座る。

「菜美と薬大でアーチェリーの部活やってた頃は楽しかったな。合宿もあったりして」

「あの頃ね、いつも耕助のことを意識してたんだけどタイミングが合わなかった。お互いに、あの時期は彼氏彼女がいたから……」

　ベンチに置いた神農の手に菜美が手を重ねた。その冷たさに驚いた神農が意を決したように口を開いた。

「猪苗代湖の事件……、緑川優歌さんは画像で見ると菜美にも花奈さんにもソックリじゃないか。花奈さんが自首したけど、菜美とは仲良かったはずだ。あの事件に関係してないか？」

「何よ、いきなり。何を疑ってるの？」

「真実を聞かせてくれ、誰にも言わないから」

「本当？　ＩＣレコーダーとかスマホとかポケットに入れてない？」

　手に持ったスマホを神農が見せる。

「何の録音もしていないから」

「いいわ、信用してあげる」

　菜美が大きく息を吐き出した。

「二十三日、今度の土曜日、夜の九時に猪苗代湖の志田浜に来てよ。来てくれたら全部話すから」

「どうして志田浜なんだ？」

「土曜日って満月の日なの。志田浜から見る満月って本当に綺麗なんだから。耕助にも見せてあげたいから二人で見ようよ」

そう言ったっきり目をそらさない菜美がニッコリと笑って口を開いた。

「大丈夫、殺したりしないから」

バスターミナルに東京新宿行高速夜行バスが到着し、バスストップで待っていた乗客たちが乗り込んでいく。

駅前交差点の歩行者信号が青に変わったのを見て急に菜美が立ち上がり、小走りに横断歩道を渡っていく。交差点向こうの駅前通りの雑踏にその背中が消えた。

JR郡山駅からの発車メロディが聞こえていた。駅メロ曲は平成十四年当時、郡山の歯科大学に通っていた歯科大生四人が結成した音楽グループ『GReeeeN』のヒット曲『キセキ』だった。ベンチからゆっくりと立ち上がった神農が『キセキ』を歌いだしたが、それはほんの短い時間で終わった。

55

夜七時半、菜美が住むアパート前に五十嵐と亜寿佐が乗った覆面パトが静かに到着した。部屋の明かりが閉められたカーテンをわずかに透かしていた。

チャイムが鳴らされて刑事らの訪問を知った菜美は周囲の目を意識して、玄関先から室内に招き入れた。こぎれいに整理整頓された居間で緑川優歌殺害と太田花奈の自首についての捜査協力依頼がなされ、三十分程度の約束で菜美は応じた。亜寿佐の質問に素直に菜美が答えていく。

「南東北記念病院に、あたしに似た看護師がいるのは知っていました。薬局にくる患者様やMS、MRさんからも言われてたから。でも、実際に会ってみたら想像以上に似てたから自分でもビックリしちゃって。きっかけは花奈が突然、あたしの前に現れたの。花奈が同僚看護師だかにソックリな人がいると聞いて来たの。花奈とあたしは、それからすぐに意気投合してご飯や買い物いったりするようになった。まして仲良くなった頃に姉で双子の優歌がいることを打ち明けられた。そんなこと一度でも聞いたら、優歌のことを調べたくなるのは当然よね。今はネット社会だから調べようと思えばある程度は分かる。優歌がバレリーナになっていることを知った。興味があって優歌のバレエ公演を花奈と一度観に行ったけど、花奈があまり言いたがらなかったから優歌との関係性まではよく分からない。優歌が事件の被害者になったのをニュースで知って、花奈に電話してみたけど何も分からないと言っていた」

質問に淡々と答えていた菜美が壁の掛け時計を見た。

「明日も仕事があるので、もういいですか」

室内での時間は思った以上に早く過ぎていた。刑事らは捜査協力の礼を言って退室した。

五十嵐が運転する覆面パトが、亜寿佐がマイカーを置く郡山北署に向かっていた。

「菜美と花奈の関係はある程度分かったが、優歌との関係性、および花奈と優歌の関係性は不明瞭だな。本当に知らないのか、それとも何か隠しているのか。話しているとき無表情すぎる気もする」

「ポーカーフェイスでしょうか。でも五十嵐さん、三人の関係性について聴き取り内容と事実に相違があれば事件に関係してるかもしれませんよ」

「今、それを言おうとしてたんだよ」

少し不機嫌になった五十嵐が右折ウインカーを出した。対向車をやり過ごして北署駐車場に覆面パトを乗り入れた時、時刻は午後九時に近かった。

56

十一月二十日水曜日の午前十時、猪苗代湖の北岸にあたる猪苗代町天神浜地区を猪苗代署地域課のパトカーが巡回していた。地名由来の天満宮社と農業を営む数軒の農家が畑の中に点在し、松林に囲まれた集落近くには湖水浴もできる砂浜と岩礁の赤岬もあった。

高橋明良巡査長と田中久志巡査が乗ったパトカーが狭い道を通り、湖水浴客用に整備されていた駐車場に入った。停車するのと、ほぼ同時に通信司令室からの通報連絡が入った。この先の赤岬に来た釣り人から不審な車を見つけたとの通報で、どうも中に人の死体らしきものがあるという内容だった。二人の制服警官は湖に突き出た釣りスポットの赤岬まで、狭い砂利道の上をパトカーを走らせた。

無線連絡を受けた猪苗代署内が慌ただしくなった。数台のパトカーが甲高いサイレンを鳴らして出動していく。バス釣りに来た地元の高齢男性によって死体が発見された。初冬の天神浜にはミゾレが降りだしていた。

57

死体はラブドール制作者の赤星精児だった。白河ナンバーの登録番号と商用ワンボックスに残されていた運転免許証によって判明した情報は『猪苗代湖殺人遺体損壊遺棄事件』特捜本部にもたらされ、温子と三島が急行した。

「赤星がどうしてここに……」

車内の死体を車外から見る温子のトレンチコートの裾が風でバタつく。荷台に転がる赤星の頭部顔面には白色で幅広の車載牽引ロープが何重にも巻かれていたが、頭頂部と片目が垣間見えていた。

　隣で三島もスキンヘッドの死体をのぞき込む。

「ミイラのように顔をグルグル巻きにした理由はなんでしょう？」

「顔も見たくない、あるいはその逆の見られるのさえ悍《おぞ》ましいという、一つの処刑スタイル……。ただ殺すだけでは物足りない強い恨みか憎しみ。赤星をおとしめたかった。殺した後で時間をかけ、誰かに目撃されるリスクを取ってでも」

　到着した県警本部の機動鑑識隊員により現場の初動作業が進み随時報告された。荷物スペースがフラットになったワンボックスカーからは車載の牽引ロープが無くなっており、荷台収納ボックスから取り出した形跡もあった。荷台にはラブドール運搬用の収納段ボール箱が棺桶のように残されていた。商用ワンボックスが証拠品の一つとしてレッカー手配された。車から降ろされた赤星の死体が遺体搬送車で運ばれていくところまで見届けて温子と三島は引き上げることにした。

　ミゾレの降る中、50ｍほど歩いて天神浜駐車場に停めていた覆面パトカーに戻ると、地元新聞社『福島新報』社会部記者の佐々木南朋人が待っていた。国産セダンの隣に立っていた佐々木は温子を見つけると気安く声をかけてきた。

「塩入さん、猪苗代湖でまた事件のようですね」

「佐々木君、事件のことなら県警本部の記者クラブで質問でもすれば。今日にでも記者会見が開かれるはずだから」

「その前に情報でもあればと思って、外回りの取材番で近くにいたので来てみたんですが」

「何年、新聞記者してるの。現場の刑事がペラペラしゃべるわけないでしょ」

「塩入さんを見かけたから、何か聞けると思ったのが甘いか」

「甘い甘い、さっさと撤収しなさいよ」

横目でにらみながら運転席に温子が乗り込む。

「あの福島新報の佐々木君って、高校の新聞部後輩で知ってる仲だけにやりにくいのよね。捜査情報がリークされると、すぐにあたしだと周りから思われるから」

助手席に乗り込んだ三島がシートベルトをしながら前を向いた。

「今更ですけど、誰かに殺される前に家宅捜索しておきたかったですね。捜査の手順的にはしょうがないのですが」

「これは事件だから工房への立ち入りは今後は問題ない。彼には家族もいないはずだし。それにしても異常すぎる、これで三件目の殺し。猪苗代湖近くにはシリアルキラーがいるのかも……」

規制線で警戒する警官に挨拶して覆面パトは動き出した。

58

翌日、特捜本部で夕刻早めの捜査会議が行われた。千代田情報分析課長が捜査員手元の印刷資料、ホワイトボードの書き込みと写真、スクリーンに投映された画像資料を説明していた。

「Nシステムについての解析結果を次に述べる」

Nシステムとは警察機構が主に運営する走行車ナンバー自動読取装置で、設置された感知機械がリアルタイムに該当車通過を把握できるシステムだった。その数、約二千基で日本中の主要道路にその網が張り巡らされていた。

「マルガイ、赤星精児氏の運転する白のワンボックス、登録ナンバー『白河400・た・・・・』は殺害されたと思われる前日、火曜日の夜、十一月十九日、二十時十七分に東北自動車道白河中央インター入口、同五十三分に郡山ジャンクションから磐越自動車道に進入。二十一時二十五分に猪苗代インターを降りている」

この後も千代田の報告がしばらく続いたあとで、南雲が赤星の司法解剖結果を報告する。

「背後からロープ状のものでの絞殺。抵抗時の吉川線もみられた。頭部全体に巻きつけられていた牽引ロープは商用車に搭載されていたもの。犯人は絞殺後に荷台に乗せてからバックドアを閉めて逃走。手袋を使用したのか車体やロープにマルガイ以外の指紋は検出できなかった。複数の足跡とタイヤ痕を採取はした。ドライブレコーダーは商用車に未搭載。犯行前後の目撃者も不在。未発見のマルガイ名義スマホに関する情報は携帯キャリアに確認中だ」

捜査状況報告が終わり、いくつかの質疑があって全体会議が終了した。赤星精児殺害についても特捜本部捜査人物の殺害事件とされ、関連事件の一つに追加された。その中で特捜本部として『シリアルキラー』のキーワードを情報共有していくことが決定した。

59

特捜本部の片隅に専従捜査班が集結し班ミーティングしていた。ホワイトボード前に立ってフェルトペンを握る黒田を取り囲むように捜査員らが着座する。真っ白なボードに『シリアルキラー』の太文字が書き出された。

「今朝の緊急幹部会議の結果、南雲管理官からシリアルキラー、いわゆる連続殺人犯を考慮して捜査の指示があった。緑川優歌、柿野亜矢子、赤星精児とこれで三件目の殺人事件だ。猪苗代湖周辺の狭い範囲でこれだけ殺人が続いているとなるとシリアルキラーの存在を考慮せざるをえない。個々の多様な視点をプロファイリングの手法も用いながら犯人像を探りたい。まずは単独犯としてだ。意見のある者から手を挙げてくれ」

真っ先に塚本が挙手する。

「性別は男性。殺害手口が絞殺しての遺体損壊遺棄、刃物での刺殺、絞殺後に顔面グルグル巻きと、やり方がいずれも荒っぽい」

温子がフォローする。

「あたしも男性と思います。女性のシリアルキラーは珍しいですし、非力なため殺害に毒物を使うことが多い。睡眠導入剤で眠らせるのは単に絞殺しやすくするための手段かと」

腕を組んだ五十嵐が発言する。

「年齢は幅広くなるが二十代から五十代。移動に運転免許や自家用車は必要だし、運搬は力仕事だから体力的には五十代までか」

亜寿佐が続く。

「高齢者がこの三件を続けるのは体力もありますが、何より精神力が途中で切れそうな気がします」

黒田の視線が自分に向いたことに青木が気づいた。

「頭が良い部類の犯人と思います。殺害の瞬間は衝動的なケースもあるでしょうが、その後の処理とか隠蔽《いんぺい》や逃走が巧妙ではないでしょうか」

短髪をかきながら坂下。

「高学歴で勉強頭が良いのか、社会生活上で実用的な地頭が良いタイプなのか」

発言内容を箇条書きにしていた黒田が振り向く。

「偏った人間もいれば両方の人間もいるし、割合も多様だから難しい……。他になければ複数犯のケースを考えてみよう。三島と岩瀬はどう思う」

三島が話を振られた。

「複数犯としても少人数で男性だけか男女、塩入さんが指摘した通り女性だけは考えにくいです」

追随する岩瀬。

「主犯や共犯としての関係性はどうなんでしょう。上下関係が強いのか、同格なのか」

フェルトペンをグルグルと回す黒田。

「それについて、それ以外でもいいが、考えのある者はいるか」

沈黙が続いたことで議題が変わる。

「次に動機についても皆の意見を出してもらいたい」

五十嵐が天井を仰ぐ。

「三件の殺しの動機か……、正直難しい。共通項が何かあるのか。クロさん、先にそれぞれ一件ずつの動機を整理してから関連性を見つけたらどうですか」

「良い意見だ。ランダムでいいから三件の殺害動機を訊きたい。シリアルキラーの場合、被害者に何らかの共通点があるものだ。例えば好みの異性タイプやねじ曲がったコンプレックスの対象、もしくは特定の執拗な恨みの対象などだ。快楽殺人によるか否かもある。誰からでもいいぞ」

捜査員らが上や下を向いたり顔を見合わせる。沈黙が再び始まり、そしてそれは予想外に長かったために次の予定もあり班ミーティングは打ち切られた。

60

青木が猪苗代署の一階休憩コーナーに行くと、財界誌『福島あけぼの』記者、猫塚が待ち構えていた。

「あれっ、青木刑事ひとりですか?」

「ひとりの時もありますよ」

栄養ドリンクを自販機で購入した青木が休憩椅子に座って一気に飲みほした。

「黒田警部なら、来ないと思いますよ」

自販機横の空き瓶入れに空になった容器をアンダースローで投げ入れると、ガチャガチヤと空き瓶の触れ合う音が休憩コーナーに響く。

「『福島あけぼの』十二月号、読んでもらえました？」

「緑川薬品の記事でしょ、読みましたけど」

「ご感想を、よければ聞きたいものです」

「感想ですか？　特にありませんけど」

「これまた冷たいですね。私が心血注いで書いた記事に感想もないなんて」

「そういうことは広報官に聞いてもらえますか。マスコミ対応は現場の刑事はできないんです。お分かりでしょ」

「あらら、これまた更に冷たい。警察管理職は教育がよほど上手いらしい。でも、これは今後の付き合いがあるから私の独り言として聞いておいてもらいたい」

青木を見る猫塚が目を細める。

「緑川薬品は全国展開する大手薬品卸グループに吸収合併される。もう福島県だけをテリトリーにしているような地方の薬品卸が儲かる時代じゃない。医薬品流通のビジネスモデルが平成の半ばから様変わりしている。吸収合併にしてもタイミングとしては遅いくらいだ。他の地方卸は生き残りをかけて、とっくに合併している。緑川薬品が合併の時流に乗り遅れたのは、現社長の緑川正一と副社長だった弟、亡き雅史との創業二代目血族兄弟の確執が続いていたから」

青木が話の腰を折った。

「猫塚さん、その記事なら読みましたよ。改めて聞くこともないです」

「前ふりが長いのは癖でね、申し訳ない。本当の解説はここからだから聞いてもらえます？聞くだけ損はないと思います」

「いいですよ、そこまで言うなら」

青木が足を組みなおした。

「創業者の緑川龍也は戦後、郡山市内で家業として経営していた薬店をもとに医薬品卸業の緑川薬品を創業した。そして国民皆保険の法整備と国内薬品メーカー成長の時流に乗って、一代で福島県を代表する医薬品卸に成長させた。これも余計だったかな？まあいいとして、波乱要因は同族企業の宿命である後継者問題だった。競わせる気だったのか、龍也が社長時代にまだ若い正一と雅史の兄弟を同時期に副社長にした。周りに比較されたり本人たちが互いに意識するのは当然だろう。さらなる問題は兄弟の性格が水と油で若い頃からソリがまったく合わなかったこと。スポーツマンで豪放磊落《ごうほうらいらく》の正一に対して、物静かで学者肌の雅史。会社経営、運営についても対立することが多かった。長寿を保った龍也が死去すると社長に就任した正一はワンマンとなり、雅史は次第に会社経営とは疎遠になっていった。正一に取材に行った時も会社と自分の事は饒舌《じょうぜつ》に話してくれるのに、雅史に関係する部分になると口が重くなった。ただ、優歌のことになると急に反応した」

青木が足を組み替えながら聞いた。

「急に反応ですか、どんな風に？」

「正一は二度の結婚離婚を繰り返したが子どもがいない。そのせいもあるんだろう。あの娘は良い子だ、自分もあんな娘が欲しかったってね。相好を崩すとは、あんな表情のことを言うのかと思うくらいの好々爺ぶりだった。あの娘は伯父さんに何でもしてくれたと……」

猫塚が含み笑いをした。

「何でもって何ですか、その嫌らしい笑いは。姪が伯父さんに甘えるとか普通にあることじゃないですか」

「その後、緑川薬品の社員数人に優歌の事を取材したんだよ。そしたら正一と優歌の関係が普通じゃないと言う社員もいたからさ」

「普通じゃないって何なんですか？」

「はい、今日はここまで。おしまい、おしまい」

「おい！　何だよ。話してみろよ！」

猫塚が立ち上がり、出口に向かう。

「青木刑事、マスコミとの付き合い方、警部によく聞いておくといい。馬鹿にしてばっかりだと損するよ」

出口から出ていく猫塚を苦々しく見ていた青木は気を取り直し、二階へ上がる階段を昇り始めた。特捜本部へ戻ると南雲管理官と話し合っていた黒田に手招きされた。

「青木、明日午前もう一度、熱塩温泉の両親に菜美のことを聞きにいってくれ。俺じゃなく白川とな」

「白川先輩とですか？　どうしてまた急に」

青木が怪訝《けげん》な顔をした。

61

熱塩温泉の姫乃湯旅館を亜寿佐と青木が訪れた。矢内新悟は宿泊客の送迎でＪＲ喜多方駅にミニバスで出かけており不在だった。二度目の訪問となった青木の紹介で亜寿佐が矢内潤子に挨拶をする。潤子から話を聞けることになった。

住み込み従業員住居に二人の刑事は上がり込んだ。電気コタツが居間の真ん中にあり、隅の石油ストーブにヤカンがのっていた。奥の部屋では新悟の母親トメが寝ていた。

急須から湯呑に緑茶が注がれ、コタツテーブルには歌舞伎揚げが山盛りにされた菓子皿が置かれていた。

「健五かい？」

トメがいつの間にか布団から起きだしていた。

「潤子、健五が来てるのかい？」

青木が曖昧に笑う。潤子が否定する。

「お婆ちゃん、違いますよ。この人は健五じゃありません。他の人です」

「騙されないよ。健五の顔を忘れるわけないべ、なあ健五」

青木の後ろに隠れるように座っていた亜寿佐も顔をのぞかせてトメに会釈する。腰も曲がり、白髪も薄くなった小柄な老女が布団を抜け出す。

「何だ、今日は菜美も来てだのが。煎餅っこ食べでげ、歌舞伎揚げ好きだべ」

線香臭い加齢臭を地味な衣服から漂わせたトメがゆっくりとやって来ると、コタツに足をもぐりこませて座った。歌舞伎揚げを皺くちゃの手で取り、亜寿佐の手にのせる。

「お婆ちゃん！　菜美じゃないから。違う人！」

「うまいがら。好きだべ遠慮すなって。菜美、食べれ」

「お婆ちゃん、おいしいです」

バリバリと音を立てて亜寿佐が歌舞伎揚げを食べる。

「やっぱり菜美だべ。郡山さ出ていっでも菜美は菜美だ」

皺だらけのトメの顔がさらに皺深くなった。

「あ！　分かっだ。この前に帰ってきたどぎ、三つ子じゃねえかとが、しつこく聞いてたごどな、思い出したがら教えとぐな」

潤子が急に大きな声を出した。

「お婆ちゃん！　もういいから、寒いから寝床で寝てたら」

トメがノンビリした声で反応する。

「何だ、潤子。年寄り扱いすんでね。今日は体の調子がいいんだ。婆ちゃんな、菜美と健五に話して聞かせねばなんねごとある」

「お婆ちゃん！　この人たちは違うから」

「潤子！　黙ってろ。婆ちゃんはもう長いことねえんだ。今しゃべんねば、なんねえ。菜美も健五も、もう大人だがら聞かせる」

肩を震わせた潤子が奥の部屋に引っ込んでいった。

「菜美はな、地蔵様の子だ。天狗が地蔵様に言われて里からさらってきたんだども、それは里の親が止むに止まれぬ事情ってもんがあって、天狗に預げだんだ。だがら菜美は始めっから家の子どもなんだ。駅舎から見つけで来たのは健五なんだどもな。後がら分かったんども、駅舎にはもう二人、おなごの赤ん坊がいたんだ。菜美は三つ子だったんだ。他の二人は病院に行ってがら、郡山の家で育てられてるって聞いて安心したもんだ。その二人と菜美は会ったんだべ。それで婆ちゃんに聞きにきたんだべ。事情はわがんね、だども三つ子の三人姉妹なんだがら仲良くせねばなんね。産んでくれだのは三人ども同じ母ちゃんなんだがら、決して喧嘩なんかしちゃなんねえぞ。分かってるべな」

　亜寿佐が目を赤くしていた。

「今日はしゃべって、疲れだから、もう寝るな。菜美も健五もゆっくりしてけ。新悟も、そのうち帰ってくるべがら」

　トメがコタツから足を抜き、鈍い動作で寝床に戻っていく。トメが寝静まっても潤子は奥の部屋から出てこなかった。

「奥さん、おいとまします。今日はお世話になりました」

　亜寿佐の声掛けに奥の部屋から返事はなかった。亜寿佐は青木と顔を見合わせ、もう一度声掛けした。反応がないため、二人はそのまま玄関から外に出て矢内家を後にした。

　温泉街共同駐車場まで歩く道すがら、坂道の途中に子育て地蔵尊が祀られていた。若い男女が赤いよだれかけをかけた地蔵尊に手を合わせていた。刑事らが、そのそばを通り過ぎても男女は一心に祈っていた。

　キュンという音がして覆面パトのリモコンロックが解除され、二人が乗り込む。エンジンがスタートし、青木の運転でシルバーの四駆セダンが走り出した。

「青木、あたしが話しながらノートにお婆ちゃんの話をメモしていくから、もし違うとこあったら指摘してね」

革バッグから亜寿佐がノートとボールペンを取り出す。

「白川先輩、あの……」

「ん、何？」

「さっきのお婆ちゃんの話ですけど、スマホの録音アプリで途中から録音してたんです。お婆ちゃんから何度も聴取とか無理だなと、とっさに思ってしまって、つい」

「それは、あたしも考えたけどね」

「やっぱり、そうですよね。この件どうしますか」

「認知症婆ちゃんの証言は取れない。でも捜査会議でちゃんと報告する。菜美が自分が三つ子三姉妹の一人だと気づいた核心部分だから」

青木の運転する車内で二人の記憶をアプリ録音とも突き合わせながら、亜寿佐がペンを走らせる。メモは特捜本部のある猪苗代署に着くまでに一応の完成をみた。

62

梅原医院を取り囲む落葉広葉樹の葉は落ち切っており、幹と枝が人の骨格標本のように立ち並ぶ。医院入口前には温子と岩瀬が立っていた。

昼の十二時、午後休診の立札を医院の入口に出そうとして梅原が姿を現わした。温子が警察手帳を提示すると露骨に嫌な顔をした。

「何ですか、アポなしで」

「梅原先生、少しお話を聞かせていただいていいですか。南東北記念病院の佐久間先生はご存じですよね」

休診案内板を置いた梅原が動きを止めた。その隙を温子は見逃さなかった。

「佐久間先生は堕胎で太田花奈さんを梅原先生に紹介したと言っているんですが」

「何のためにだ、今さら……」

「今さらとおっしゃいましたね。それは、どういう意味でしょうか？　堕胎は生命観や倫理観について人々の考えに相違がありますが、現時点に限れば医療行為の一つでしょう。話していただけないでしょうか」

苦笑いしてから梅原が呆れたように眉をひそめた。

「しょうがない、今日はもう店仕舞いしたから中に入りなさい。大したもてなしはできないがね」

戻っていく医師の背中を追って、二人の刑事が院内に入っていった。

応接ソファに刑事らが並んで腰を落としこんだ。カーテンが開いた窓ガラスから薄曇りの弱い明りが差し込む。院長机向こうで椅子を回転させ、外を眺めながら背中越しで梅原が語りだした。

「佐久間君は南東北記念病院勤務時代の後輩で郡山での薬品メーカーの講演会なんかで会えば話をする間柄だ。あまり言うのはどうかと思うが、彼は女癖が悪いほうでね。彼から連絡を受けた時、今度もその手の話しかと思った。以前にもそんなことがあったから。詳しいことは話してくれなかったし、私もプライベートに関わるのを好まないから。今思えば、その後に来院した花奈さんから母親が昔来たことがないですかと、しつこく聞かれたのを奇妙に思ったのを思い出した」

「土蔵を荒らされた理由に思い当たったと理解していいですね」

岩瀬の問いに梅原の首がガクッとうなだれた。

「あれは花奈さんが母親の受診と出産の記録を見たかったんだろうな。言ってくれたら父親時代の古いカルテなんか探し出して、くれてやったのに。亜矢子さんも運が悪い」

その背中に向けて岩瀬が急に大きな声を上げた。

「運が悪いの一言で片づけていいんですか！」

その勢いを温子が手で制する。

「刑事さんたちを余計に怒らせてしまうかもしれないが、運とは自分で持ち運ぶものだよ……。探しておいたから、これを持って帰りたまえ」

院長の椅子が回り、組み紐で綴じた数枚の古いカルテが差し出された。

立ち上がって受け取った温子がパラパラとめくっていく。

「先生、これは母親の三つ子の出産記録ですね。お預かりします」

「構わんよ、最初からそのつもりだ」

「最初の捜査では、このことを隠してたんですか」

「そうではない、信じてくれ。保管のしかたが雑だったとしか言いようがない。翌年の平成八年分に紛れ込んでいた。規制が解除されてから、床に散乱したカルテを整理していたときに見つけた。疫学調査時にデータを転記するためカルテを出し入れすることがあるが、戻す位置がズレることもある。間違ったのは父の時代だったと思いたいが」

椅子が回転し、再び背が向けられた。

「私は加害者でも被害者でもないが、傍観者でもなく一人のプレイヤーだったかもしれんね……」

高齢医師の背中が急に小さくなってしまったように刑事らは思った。古く黴臭い数枚のカルテが岩瀬のショルダーバッグに静かにしまわれた。

63

南東北記念病院総合医局の隣に医師専用当直室が設置されていた。高級シティホテルと同じ作りでセミダブルベッドとデスク、ユニットバスにトイレ、洗面台の設備だった。八階から見る郡山の夜景は小粒のダイヤモンドをまいたように点状に輝いていた。

当直医に当たっていた佐久間は、深夜の救急搬送で仮眠を中断された。急な下腹部痛で救急搬送されてきた中年男性を診断し、夜勤看護師に指示を出すと時間は深夜二時になっていた。再びベッドにもぐり込んだが、なかなか寝付けなかった佐久間は院内緊急呼出べルを持って当直室を抜け出した。

非常階段を降り五階消化器センターのフロアに降りると、ナースステーションは明るかったが夜勤看護師の姿は見えなかった。消化器内視鏡室の照明を点灯させると棺桶大の長方形段ボール箱が置かれていた。箱を開けると検査着を着たバイオニック・ヒューマノイドが横たわっていた。段ボール箱に『消化器内視鏡手技取得用人型精密人形　バイオニック・ヒューマノイドＢＨ０１』と油性ペンで手書きされていた。

「ＢＨ０１じゃなくて、本当は花奈なのに可哀そうに……」

重量が40キロもあったヒューマノイドを佐久間は一人で持ち上げ、診察台に横たえた。

検査着の前をはだけると乳房と乳輪に囲まれた乳首が上を向いていた。股間にはホールポケットが開いていた。

64

暗がりとなった志田浜レストハウス駐車場にコンパクトカーとSUVが並んで停まっていた。

深夜の猪苗代湖には月齢十五日の満月が上空に一つ、湖面を鏡にして湖に一つ、二つの月が出現していた。西の夜空には白鳥座のデネブ、こと座のベガ、わし座のアルタイル、三つの一等星が形づくる夏の大三角がまだ見えていた。

猪苗代湖畔志田浜に立つブロンズ像『白鳥の湖』が砂浜に青い影をつくっていた。像に近いベンチに座る菜美から白い息が漏れ、近づいていく神農を振り返った。

「本当に来てくれたんだ。信じてるから話すね……」

隣に神農が座ると一瞬、沈黙してから菜美がまた話し出した。

「熱塩の実家に帰ったとき、認知症がひどくなる婆ちゃんに聞いてみた。姉妹とか双子のこと。話してるうちに婆ちゃんも一時的に普通に戻ったみたいになって昔のことを思い出して話し出した」

「三つ子の三姉妹だと分かったんだね」

前を向いたままの菜美が話を続ける。

「あたしが捨て子で実は三つ子で分身がもう二人いるなんて考えたこともなかった。あたしが二人の姉か妹かも本当は分からないんだから……。あたし、来てくれたら全部話すって言ったわよね。何から聞きたい？」

横の菜美を神農が見る。

「三人で会ったのは、いつ？」

「十月始めに、あたしと花奈は上野の東京文化会館で公演してたメトロポリス東京バレエ団『白鳥の湖』を観にいった。公演している会場入口に関係者受付ってあるでしょ。団体関係者が招待状で入場したり花束なんかを託すところ。受付の人にお願いしたの。優歌の妹ですけど面会を取り次いでいただけないですかって。別の優歌がいっぺんに二人も来たから、バレエ団の関係者も目を白黒させてた」

「優歌さんには会えた？」

「その時は急だったから面会は断られた。だから、渡してもらうよう頼んで連絡先だけメモして帰った。それから三日後くらいに優歌から花奈のスマホにメールがあった。東京で会おうって連絡で、優歌の連絡先やマンション住所が記載されてた。それで花奈と二人で町田まで行って優歌のマンションで三人で会った……」

長く沈黙してから、おもむろに菜美が口を開いた。振り絞るような声で。

「優歌って、ひどい女。あたしと花奈にはもう二度と会わないし関係しないって言った。バレリーナの仕事に悪い影響があるからって。白鳥の湖の主役、オデットにもう少しでなれそうなのにとか言って、あたしたちに向かって凄い形相で大声で言うのよ。何が『白鳥の湖』よ、観に行ってあげたのに。幼い頃に生き別れになった三姉妹よ、他に言うことなかったの！　あるでしょ！　あたしは、まだいいわ。でも花奈に言うのは許せなかった。花奈は、その時もう自分の病気のこと、分かってたから……。花奈、相当ショック受けてた。そうよね、せっかく物心もつかない五歳の頃に生き別れになった姉に会えたんだもの。感動の再会シーンくらい想像するわよね。それが、まるでドッペルゲンガーでも見たみたいな反応ってひどいよね」

「もう一人の自分の姿を見てしまう不吉な幻想、その人の死の前兆か」

神農のつぶやきにかまわず菜美が語る。

「逆上して錯乱したみたいに叫んでた。この大事な時期にバレエの仕事に悪影響があるとか」

「三つ子のことが悪影響？　少なくとも花奈さんとの双子のことは、子ども時代のこととしても分かっていたはずだけど」

　菜美が寂しそうな笑顔を見せた。

「いいえ、そのことじゃなくて花奈の過ちのこと。花奈にとっては過ちじゃなかった選択だと思いたいけど……」

　前を向いたまま神農の反応を待たずに菜美が話し始めた。

「いいわ……、耕助には隠し事したくないから」

　湖面に映る月が雲に隠れた。大きく息を吸い込んで静かに立ち上がり、そして湖に向かって歩き出した。再び顔を出した月の光が思いのほか明るく、その後ろ姿を照らす。神農も立ち上がった。

「菜美、ここで死ぬなよ」

　振り返った菜美が明るく笑った。

「あたし死なないわよ。あたしまで死んだら花奈が悲しむから」

　湖岸から引き返してきた菜美が首に両手を回して抱きつくとシャンプーの香りが神農の鼻腔をくすぐる。

「姉妹とか兄弟とか、親子とか肉親とか、血筋とか血縁とか、いったい何だろ……」

　唇を重ねて熱をおびた舌をからめると、心臓の鼓動がつぶれた二つの乳房を通して響いてくる。二人の下腹部の体温が徐々に熱を持ち始めた。

65

日曜昼の渋谷駅周辺は人の群れで溢れかえっていた。ハチ公口から出た若い男女カップルがスクランブル交差点を渡る。スーツの男性とスカートスーツの女性は先を急いでいた。

１０９ビルを左手に見ながら文化通りを進むと複合文化施設が見えてきた。施設内のオーチャードホールは音楽とオペラ、バレエなどの芸術専用会場で、天井が高くバルコニー席をもつ二千百五十人収容のシューボックス型ホールだった。

入場口に本日の公演ポスターパネルが出されており、演目はＫＫバレエカンパニーの『白鳥の湖』だった。ＫＫバレエカンパニーは英国ロイヤルバレエ団でプリンシパルを担っていた熊岡欣也が帰国後に発足させた新進気鋭のバレエ団だった。入場した男女は二階扉からホールに入りバルコニー席に座った。開演十分前のホールは話し声でざわついていた。

五分前ブザーが鳴り、ホールが段々と静かになる。開演直前に入場してきた観客の移動が収まると照明が暗くなった。首都交響楽団の指揮者、藤田武蔵がオーケストラピットに登場すると会場から拍手がわき起こる。指揮台に上がり客席に向かって挨拶すると拍手が一層増した。藤田がオーケストラに向き直ると拍手が止み、チャイコフスキー作曲のバレエ音楽『白鳥の湖』序奏が静かに始まる。

純真無垢な娘オデット役のバレリーナが登場して森の川のそばで舞い出す。背後から男性演じる悪魔ロットバルトが登場する。娘に悪意を抱いたロットバルトは呪いをかけ、オデットを白鳥の姿に変身させてしまう。

第一幕は宮殿中庭でジークフリード王子の成人を祝う宴の場面へと移っていく。王子は母親の王妃から誰かとの結婚を強要される。王子は気の進まないまま湖へと白鳥狩りに出かける。

第二幕はジークフリード王子と白鳥の娘オデットが出逢う。悪魔ロットバルトの呪いによるオデットと娘らの白鳥変身と、呪いを打ち破るために必要な愛の儀式について王子は知る。

第三幕は王子の成人を祝う大舞踏会。六人の王妃候補を王子は気にいらない。ロットバルトが娘のオディールを引き連れて現れ、王子はオデットに姿を似せたオディールの踊りに騙されて求愛してしまう。それがロットバルトの謀略と分かり間違いを悔やむ王子。そのことを湖のオデットは知ってしまう。

第四幕は過ちを悔いながらもオデットに愛を訴える王子。だが悪魔ロットバルトは王子の約束破りを許さない。王子はロットバルトとの決闘に挑むが敗れてしまう。絶望のあまり王子はオデットとともに湖に身を投げる。それは、あの世で王子とオデットの永遠の愛を完成させるためだった。湖では残された白鳥たちがロットバルトとの戦いに挑む。白鳥たちの必死な攻撃に悪魔ロットバルトは敗れる。あの世で一つになれた王子とオデットを白鳥たちは湖から祝福するのだった。

幕は閉じるが拍手は鳴りやまず、カーテンコールが始まる。幕が開き、一度目の挨拶は出演者全員が手をつないでステージでお辞儀をする。二度目の挨拶はジークフリード王子にエスコートされたオデットがお辞儀をし、次いで王子のお辞儀。オデットに関係者から花束が渡される。壇上にオーケストラを指揮していた指揮者が登壇し歓声に応え、オーケストラピットの楽団員たちを称える。演出、舞台美術、衣装を交えて出演者が手をつないでお辞儀をする。

全員がいったん退場した後で四羽の白鳥と三羽の白鳥、王妃がカーテンコールに応えて登場し拍手と歓声を受ける。悪魔ロットバルトが登場したときだけはブーイングに包まれる。最後に王子とオデットが登場してお辞儀をし『白鳥の湖』における儀式が終了した。

黒いスーツの男女は、儀式のすべてを最後まで見届けて帰路についた。

66

太田花奈は福島医専大学付属病院特別室に入院したまま意識を回復することもなく、悪性脳腫瘍で十一月二十五日月曜日の早朝に死亡した。

葬儀と告別式は三日後の二十八日木曜日午前に行われた。会場は一級河川の阿武隈川が近くを流れるJR郡山駅東口に近い葬祭会館だった。

告別式で弔辞を読んだのは黒礼服ワンピースの矢内菜美で、最後の会葬挨拶は花奈の父親、太田広嗣だった。菜美は無表情で菊の花に囲まれた花奈の遺影を見つめていた。花奈が二十歳の成人式の記念にと写真スタジオで撮影した笑顔が可愛らしい写真だった。葬列者の中に棺を見送る佐久間澄央の喪服姿があった。

葬祭会館の正面玄関前に漆黒のリムジン霊柩車が横付けされ、後部ドアが観音開きに開けられると花奈の眠る棺が車内に消えていった。もう一人の自分の最後の姿を菜美が見送っていた。後部ドアが閉められ、親族がその後ろの黒塗りハイヤーに乗り込むとクラクションが長く鳴らされて霊柩車は静かに動き出した。

葬祭会館の駐車場に覆面パト4WDセダンが駐車していた。クラクションの音に五十嵐と亜寿佐が反応し、正面口から出ていく霊柩車に目を止めた。

「終わったか……」

呟いた五十嵐に亜寿佐が訊く。

「結局は死んだ人が悪くて、死ななかった人は悪くないという結論になるんですか」

「そんなこと、俺が知るかい！」

一瞬、嫌な顔をした五十嵐がシフトレバーをDレンジに入れる。覆面パトが駐車場を後にする。

郡山市郊外の火葬場に向かって北上していく県道の途中に警察車両がいつも給油するガソリンスタンドがあった。白い覆面パトがいつもより長い時間、給油が終わっても駐車していた。

塚本と坂下が車内で外の様子をうかがっていた。ガソリンスタンド横を霊柩車とハイヤーが通り過ぎていく。

「塚本さん、これで終わりなんでしょうか」

「俺には分からないよ……。坂下、今日は仕事帰りに呑みにでもいこうか」

「付き合いますよ、たまには美味いものも食いたいし」

「そうこなきゃ、世の中、面白くねえや」

塚本が勢いよくエンジンのスタートボタンを押した。

黒田と青木の乗るシルバーの覆面パトが県道沿いのコンビニ駐車場に停車していた。クラウン車から出ていた黒田と青木が目の前を通過していく霊柩車に手を合わせる。霊柩車に続くハイヤーの後部席に乗った菜美が二人に気づいて頭を軽く下げ、そしてニッコリと笑った。

ハイヤーのテールランプが遠ざかっていく。

「クロさん、見ました？　菜美、笑ってましたよ」

「ああ……。まあ、葬式の後だって愛想笑いくらいするさ」

「あれは愛想笑いですかね」

「いくらなんでも、ハイヤーの中で声出して笑ってはないだろ。菜美のことが、そんなに気になるのか」

　黒田がニヤリと笑う。

「クロさん、変に勘ぐってるでしょ。俺がさっきの菜美を見て思ったのは、彼女は『白鳥の湖』のオディールなんじゃないかと……」

「オディール？」

「バレエ『白鳥の湖』に出てくる、ブラックスワンのオディールですよ。実は『白鳥の湖』には事件後から興味があって、先日の日曜日、白川巡査部長と二人で東京まで観にいったんです。観たのはメトロポリス東京バレエ団ではなかったんですが」

「白川と？　お前ら付き合ってたんだっけか」

「やめてくださいよ。たまたま特捜がらみの休日が同じで、他に行くような人が周りにいなかったからですよ」

　青木の照れ笑いに黒田が苦笑する。

「どっちでもいいが、それで？」

「『白鳥の湖』は人気のある演目で名のあるバレエ団なら年に数回は公演しています。東京なら月に一回は、どこかのバレエ団が公演しているんです。『白鳥の湖』は芸術的なバレエの演目とは思いました。全体がモノトーンで幽玄な世界観が舞台設定のドイツというよりも日本的な気もします。でも、俺の言いたいのは……」

青木が間を置いた。

「ブラックスワンのオディールは、どこに行ったのか？　どこへ消えたのか？　が幕が下りても分からないことです。悪魔ロットバルトの娘オディールは王子に自分をオデットと思わせ悲劇を加速させる重要な役です。それなのに宮殿で王子を誘惑しオデットとの愛の契りを破滅させておいて、それが終わると後の場面では全く登場しないんです」

「消えたオディールか……」

「現実的なことを言うと、オディールがその後に出てこないのは舞台演出上の問題があるんです。バレリーナが一人で正反対の性格のオデット役とオディール役を演じ分ける、あるいは踊り分けるのが『白鳥の湖』の見せどころで、その対比を鑑賞するのが観客の見どころなんです」

「一人、二役か……」

「その後、そのバレリーナはオデットとしての出番が最後まで続く」

「そりゃ、その後の舞台にオディールは出てこれねえな」

「いずれにせよ、今回の一連の事件は結局のところ、消えたオディールを捜すようなものだった。そんな気がしてならないんです」

「驚いたね、随分な想像力だ」

青木を横目に黒田が一瞬、遠い目で空を見上げる。上空の雲の塊が列をなして西から東へと流れていた。

「そろそろ戻るか」

覆面パトカーの運転席に黒田が乗り込むと、青木も助手席に乗り込む。周囲にドアが閉まる重たい音が二つ響いた。

シートベルトを締めても車は動き出さなかった。助手席の青木が怪訝な表情を浮かべる。

「クロさん、どうかしたんですか？」

フロントウインドウ越しに、遥か上空を流れていく雲を黒田が見つめていた。

「なあ、今回の事件で森にひそむロットバルト役は誰だったんだろうな」

「それが犯人ということですか？」

「森で迷ったら道を引き返す勇気も必要か……。特捜本部に帰る前に現場に寄っていこう」

黒田が車を動かしだした。上空の白い雲は千切れて数を増し、それはくさび形で編隊飛行する白鳥の群れにも似ていた。

67

猪苗代湖の志田浜では、紅葉も終わり色を失った山々が湖水の向こうで静かにたたずんでいた。黒田の足元の砂浜には風が巻き起こす小波が寄せていた。風が急に強くなり、打ち寄せた波に追われた青木が砂浜を後退する。

対岸の湖水に白鳥の群れが着水していく様子が見えていた。群れの中には時折、黒っぽい羽毛の水鳥が混じっていた。

「あの黒っぽく見えるのは別種の水鳥なのかな。まさかブラックスワンでもないだろうけど……」

青木の独り言にスマホ画面を見ていた黒田が反応した。

「子どもの白鳥だろう。大人の羽毛に生え変わる前はあんな色だ。光線の加減で黒く見えるが近くで見ると灰色だ。体も一回り小さいだろ。今、『ブラックスワン』で検索してたんだが黒鳥も面白い鳥だな。『黒鳥を探す』は英語圏では元々『無駄な努力』の意味だったが、十七世紀に南半球オーストラリアで発見されてからは『常識を疑え』に変わった。予測を超えた悪いことが突然に起こると、受ける衝撃が通常より大きくなることをブラックスワン理論といい、激甚災害やパンデミックで語られる。連続殺人が始まる切っ掛けも、案外そんなものかもしれないな」

黒田のスマホ呼び出し音が志田浜に鳴り響いた。しばらく応対した後で通話が切られる。

「県警鑑識課科学捜査研究所に依頼していた証拠案件の結果がまとまったそうだ。専従捜査班の全員に特捜本部への移動を連絡してくれ」

緊急集合の連絡は他の七人の刑事らに即時に伝わり、一時間半後には九人の刑事が猪苗代署大会議室設置の『猪苗代湖殺人遺体損壊遺棄事件』特別捜査本部に集結していた。

68

ＷＥＢ会議システムが導入された特捜本部では前方の60インチ大型テレビモニターに南雲管理官のパソコンが接続されていた。画面には福島県警本部鑑識課科学捜査研究所の所長、竹ノ内賢二《たけのうちけんじ》が白衣姿で映っていた。南雲の司会で会議が開始され竹ノ内が説明を始める。

「マルガイが入れられていたスーツケース同型同色製品を入手し、マネキンを入れての実験とコンピューターシミュレーションの結果が出た」

頭部や手足、胴体を分割させた服飾マネキンが入ったスーツケース画像に切り替わる。

「トラベルナイト社製造でポリプロピレン材質、ネイビーブルー色Lサイズ、縦横奥行は外寸75・50・30、内寸72・46・28いずれもセンチ。従来材質のＡＢＳ樹脂やポリカーボネートに比べポリプロピレンは比重が軽く水にも浮く。この製品は防水機能もある。淡水で波がある状況を想定し、重りを入れて体重45キロに調整したマネキンを入れた場合でも十五時間程度は浮力を保つことが判明した」

25メートルプールにケースが投げ入れられて浮く様子に変わり、画面下のデジタル時計が［00：00］から早送りされていく。［15：05］を過ぎて傾きだすと［15：45］で水没した。

「近くの小学校の休業プールを借りての実験だ。湖の波の影響も考慮してプールサイドから工事現場用の大型送風機二台を稼働させて人工的な波も起こした。波の大きさにもよるが、少なくとも半日の約十二時間以上は湖面に浮いていられると考察している。次にコンピューターシミュレーションの結果だが」

猪苗代湖の面積図形がライトブルーで現れ、志田浜の位置で黄色い光点が点滅する。

「気象庁の天気データを受けて、十月二十一日の事件当日の湖面上の風向きと風速を計算して導き出した。湖流を志田浜を起点として逆算し、一時間を一秒換算で位置をさかのぼった。輝点がスーツケース、矢印は風が向かう方向で大きさが強さを表している。一時間ごと、十二時間前までを連続する輝点で表示する。これがマルガイの発見時刻からだ」

一番目の輝点が志田浜から北西方角に向かい、十秒後に北西方向の対岸で停止する。

「次のその一時間前」

二番目の輝点が動き出した。その後、三番目から十二番目までの輝点は航跡曲線の多少の変化はあっても最終的にある地点に収れんされた。

「翁島か！」

「船着き場がある」

「国道からも近いですよ」

「レイクサイドマリーナには広い駐車場もある」

専従捜査班員らから、それぞれに大きな声があがった。ＡＩコンピューターシミュレーションによる各設定時刻の十二時間前にスーツケースが湖面上にあったと推定された場所は北西岸の翁島地区だった。翁島地区にはすぐ沖に小島の翁島があり、岸には大小のボートが係留保管された『翁島レイクサイドマリーナ』があった。マリーナは収容可能艇数百隻、ヨットと水上バイクを含めると二百五十艇が収容可能な福島県港湾課の管理施設だった。

モニターのスピーカーから竹ノ内の声が届く。

「翁島レイクサイドマリーナの最近の画像をいくつかお見せする」

四分割画面に切り替わる。国道から見た管理施設、駐車場の様子、マリーナごしに見る湖水、沖に浮かぶ翁島。さらに四枚の別画像に切り替わる。陸揚げされたヨット、同じく陸揚げされているボート、栈橋に係留された小型釣りボート、同じく栈橋に係留されているクルーザー。

画像を見ていた坂下が突然大きな声を上げた。

「すいません！　竹ノ内所長、右下の画像だけ拡大してもらえますか」

純白のクルーザーがモニター全体に映された。

「塚本さん、このクルーザーに見覚えありませんか？」

一瞬、怪訝な顔をした塚本が椅子から前のめりになった。

「ノーウエスト号か……」

船体には『The No West』の船名があった。

69

左に見える湖に沿って国道49号線を走行していた覆面パトが翁島レイクサイドマリーナ到着した。今期の利用期間が終了し、閑散としていたマリーナ駐車場に二人の刑事が足を踏み出した。

沖合に向かって伸びる栈橋の左右に係留された何隻ものボート横を革靴の乾いたカツカ

ツとした足音が突き進んでいく。

「塚本さん、あれ！」

坂下が指さした先に純白のクルーザーが湖水に浮かんでいた。船体には『The North West』のアルファベット。ただ、その全長30フィート搭載人員十名の船内に今は人影は見られなかった。

管理事務所に出勤していた職員から情報協力が得られた。保管契約船舶に『ノーウエスト号』の登録があり、契約者名は南東北記念病院理事長である須賀川剣太郎の名前だった。

70

翌日、午後五時の外来診療の終了時間前。覆面パト四台が南東北記念病院の正面エントランスに乗りつけた。JR郡山駅西口からほど近い南東北記念病院グループの本拠地で、十二階建てタワービル病院には交通事故や傷害事件でパトカーが立ち寄ることは日常風景ともいえたが、正面入口前に警察車両四台駐車は異様な光景だった。塚本と坂下、温子と三島、岩瀬らが三台の覆面パトから降り立ち、黒田と青木は車内で待機していた。高齢警備員の抗議を受け流しながら、警察手帳を高く掲げた五人の刑事がロビーを突っ切りエレベーターに乗り込む。八階のエレベータードアが開くと刑事らが医局前廊下にドカドカと進入していく。騒々しい足音に気づいた秘書室長の津川が出てきた。

「いきなり、何なんですか！」

塚本が警察手帳を津川の顔前に突き出した。

「刑事事件の捜査です。須賀川理事長にお会いしたいので面会の取次をお願いします」

「そう急に言われましても、面会は事前アポイント制になってますし。まして理事長は多忙を極めており予定も詰まっております」

「理事長は在院中ですか」

「それは……、院内にはおりますが」

押し問答をしながらも刑事らの足は理事長室へと廊下を進む。

「これは通常の聞き込み捜査ですので、ご心配なく」

「心配なくと言われましても！」

塚本と津川の大声でのやりとりを総合医局に残っていた若手医師が興味深々な様子で見始めた。個室医局のドアから白髪の高齢医師も顔をのぞかせる。

須賀川が騒々しさに気づき始めたとき、すでに塚本は理事長室のドアをノックしていた。返事を待たずにドアが開けられ、刑事らの間にはさまれた津川も一緒に入室していく。さらに集団は先の開放されっぱなしのドアから奥の別部屋に進入する。

広い室内空間には西日が低く差し込んで『ノーウエスト号』のディスプレイモデルを照らしていた。巨大ガラス窓からオレンジ色の太陽光が人のシルエットを創り出していた。南東北記念病院グループ総帥の須賀川剣太郎がデスクから顔を上げた。

「何だね、さっきからの騒ぎは？」

塚本が深々と頭を下げてから警察手帳を掲げ、横の刑事四人も同様に提示した。

「以前に一度、捜査で伺った福島県警察本部特別捜査本部、捜査班の塚本です。横にいる者は捜査班員の坂下、塩入、三島、岩瀬と申します。今日は須賀川理事長が翁島レイクサイドマリーナに所有しているクルーザーの件でお聞きしたいことがあって参りました」

須賀川が首を傾げる。

「ノーウエスト号のことかな？」

「実は捜査中の事件に関係して教えていただきたいことがあります」

「それで、何だね？」

「最近だと、いつ乗られたか憶えていますか」

「今シーズンの出航可能最終日に整形外科の先生たちと釣りに行ったのが最後だが……。管理全般を秘書にまかせているから、正確なことは津川に聞いてくれ。船は陸揚げしてメンテナンスするとは聞いている」

話を振られた津川が秘書机に向かい、タブレット端末を持って戻ってくる。

「メンテナンスは業者のスケジュール調整中で、まだ陸揚げされておりませんが……」

端末の画面上で指先が動かされていく。

「理事長の直近ですと十月十三日の日曜日、年内最後の出航可能日にバス釣りで整形外科の先生たち五人と乗っております。他は翌週日曜日の二十日に消化器科部長の佐久間先生個人にお貸ししているくらいです」

「二十日だと出航はできないはずですが、佐久間先生に貸したんですか？　理事長不在で？」

塚本に視線を向けられた須賀川がセル眼鏡を掛け直した。

「そう言われれば、そうだったかな……。佐久間先生が友人の誕生日祝いを船上パーティー形式でやりたいと言ってきたものだから貸した。佐久間先生とは趣味が同じ釣りで、私の操縦で何度か沖や対岸近くまで乗せたこともある」

「佐久間先生は船舶免許をお持ちなんですか」

「持ってはいないが係留された状態だったら問題ないだろう。操縦する訳ではないのだから」

「船を貸すとは気前のいい話ですが」

須賀川が眉をひそめる。

「佐久間先生は昔、病院の診療規模を拡張していたときに無理をお願いして埼玉の大学病院から来てもらったから、私なりに恩義もあるんだよ」

ノーウエスト号のディスプレイモデル前に塚本が移動した。

「ところで、ここからが本題になります。こちらのクルーザー船内を捜索させていただきたいのですが」

「何のために？」

「猪苗代湖で起きた殺人事件の捜査のためです。事件現場と疑われており、同意いただけない場合に備えて既に船舶の捜索令状取得手続きをしています」

「何だって！」

須賀川が目を見開く。

「それと、直近でクルーザーを使った佐久間先生にも話を聞く必要もあります」

塚本の追加要請に須賀川が横の津川を向いた。

「佐久間部長に理事長室にすぐ来るよう連絡してくれ」

「かしこまりました」

首からストラップで下げた院内携帯で津川が短い通話をしてから振り向いた。

「佐久間先生ですが、用事もあって今日は早めに帰宅するので来られないと。もう病院を出ているそうです」

塚本が他の刑事に指示を出した。

「動きが速いな。四人は医局と職員駐車場を見てきてくれ」

刑事らが理事長室から足早に出ていくと、須賀川が院長椅子に背中を押し付けた。

「これは私に不利益をもたらすようなことなのかな。もう少し事情を聞かせてもらえないか」

「分かりました。多少長くなりますが捜査に関して話せる部分を説明させていただきます」

『ノーウエスト号』ディスプレイモデルを凝視していた須賀川が深い呼吸を繰り返した。

71

日の入り時刻になり空は暗さを増し、街は人工的な明かりを増していた。病院隣りの立体式駐車場が見通せる位置のコインパーキングまで移動した覆面パト車内で黒田と青木が待機していた。

「刑事が大勢で来たと知った医師や秘書をはじめ、今頃は看護師と薬剤師、事務ら病院職員の間で捜査について噂が広まっているはずだ。須賀川か、病院関係者が事件に関与していれば、何らかの反応があるだろう」

着信音が鳴り、電話応答すると表情を険しくしたままの黒田が通話を切った。

「白川からの連絡で菜美の車が駐車場から消えている。兄の健五が妙に誤魔化しているが薬局内にいないらしいと」

　スマホに塚本の名前が表示されて着信音が鳴り、短い内容を聞いてから通話が切られた。

「佐久間が動いたか……。優歌遺体の発見前日にノーウエスト号を借りていた。もう院内にいない様子で病院を出た後かもしれない。医師専用駐車場にも車が見当たらない。奴の車はメタリックブルーの新型プリウ……」

　黒田が言い終わらないうちに青木が大声とともに前方を指さした。

「あれ佐久間じゃないですか！」

　出庫を知らせる黄色い回転灯に照らされたメタリックブルーの新型プリウスが立体駐車場出口から道路に出るところだった。フロントガラスごしにハンドルを回す佐久間が見えていた。病院近くのコインパーキングから覆面パトが出た時、郡山市内中心部は夕方の帰宅渋滞がすでに始まっていた。ポーラスター薬局をマークしていた五十嵐亜寿佐組にも佐久間の車への追跡指示が出された。

72

十一月終わりの平日の夜。夜空には楕円形に姿を変えた月齢二十一の月が光っていた。アクアブルーのコンパクトカーが翁島レイクサイドマリーナの敷地内に駐車していた。人気《ひとけ》のない駐車場とクラブハウスは静まり返っていた。

陸揚げされたボートが並ぶ保管ヤードを通り抜けると、続く桟橋には夜間照明が点在していた。桟橋の先には『The No West』が係留されていた。外部デッキが青白いＬＥＤ照明にぼんやり照らされ、ハーフ丈ダッフルコートを着て携帯ランタンを手に持った菜美が姿を現した。船体後部の外部デッキは固定テーブルをベンチが取り囲むつくりのパーティースペースでもあった。

桟橋から足音が響き、それがタラップを渡る足音に変わって止んだ。ロングコート姿の佐久間が眼前に出現するなり、手にしたハンドライトの光線を菜美に向けた。

「警察が理事長室に踏み込んだ。この船でのことが知られたとなると、もう逃れられない。船内をいくら洗浄しても血液や何らかのＤＮＡ痕跡は出るだろう。電話では改めて船内の証拠隠滅について相談したいと言っていたが、どうする気だ？」

菜美が眩しそうにしながらも佐久間を見つめる。

「ずっと考えてたんだけど、灯油でも撒いて船を燃やしちゃったらどうかしら」

「証拠隠滅のための船舶火災か……、恐ろしいほど狡猾《こうかつ》な発想だよ。花奈は天使のように思えたが、やはり君は悪魔に見えるよ」

「悪魔？　あたしの計画に乗ってきたくせに何言ってるの。分かってたわ、花奈が死ぬのを知って佐久間先生の精神状態がおかしくなってたこと。あたしと優歌を見る目も異常だった。それに梅原医院の受付女と人形師の赤星を殺したのも先生なんでしょ」

立ったまま、苦虫を噛み潰したような顔で菜美を佐久間が見据える。

「あとの二人のことなんか、どうでもいいことだ。やはり優歌同様、花奈のニセモノの君にもこの世から消えてもらうのがいいようだ。私が愛した花奈はこの世に一人でいい。まして彼女がこの世からいなくなった後でもニセモノが生きてるなんて許されない。優歌には花奈を悲しませ命を縮めた罪は償ってもらった。君は生かしておいてもいいかと一時は思ったが、やはり間違いだった。どうしても花奈との思い出がよみがえってしまうからね。だから、生きているニセモノには死んでもらうしかない」

船縁《ふなべり》に置かれた長く頑丈なアルミ棒に佐久間が片手を伸ばした。棒の先端には湾曲した鋭利な金属が鈍く光っていた。

「狂ってる……、完全に」

「狂ってる？　しょせんマガイモノのくせに……」

菜美の視線が上下した。

「あたしを殺したいと思っているなんて、最初から想像ついていたわ。でも、そんなボートフックなんかで殺せるかしら」

「当たりどころ次第だろうが、一撃で死ななくても相当痛みが来るはずだ。最後は脳挫傷か失血死かな……。これ以上、話しても無駄だ！」

ボートフックを振り上げて踏み出した。

冷えた指先に息を吹きかけていた菜美が目を剥いた。

「佐久間先生、最後に花奈からの先生への遺言を聞いてもらえないかしら」

一瞬、佐久間の動きが止まる。

「花奈からの遺言、そんなものがあるのか？」

瞬きもせず上目づかいで菜美が見上げる。

「それは、これよ！」

シュッという軽い音と同時に、呻き声が船上に響いた。佐久間の顔面が苦痛に歪む。ボートフックを落としてデッキに倒れこんだ佐久間の背後に、アーチェリー弓を構えた神農耕助が立っていた。荒い息をした神農の足元で、至近距離から背中にカーボン製の矢を撃ち込まれた佐久間がうごめく。

「耕助、遅いよ。間に合わないかと思っちゃった」

「途中の道路が意外に混んでてこれでも飛ばしてきた」

「灯油をポリタンク二つ用意してきたから運ぶのを手伝って。早いとこ、この船に火を着けて逃げましょう」

「灯油はどこに置いてある？」

「駐車場の車の中よ。でも、その前にボウとアローを湖に捨てて」

アーチェリー弓と何本かの矢が湖水に投げ入れられ、うつ伏せに倒れている佐久間の上着ポケットを菜美が探る。出てきたスマホの電源が切られ暗い湖に投げ捨てられた。床に転がったハンドライトの光の先で、虫の息の佐久間がうつ伏せに倒れていた。刺さった矢が直立した背中は血に染まっていた。

73

月の薄明りの下、レイクサイドマリーナ駐車場片隅の三台の車に向かって一組の男女が走っていた。人工音がキュンと鳴り響くと手前のコンパクトカーのハザードランプが点灯しロックが解除された。バックドアが開けられ、ラゲッジルームに積んであったポリタンク二個が下ろされる。二十キロ近く重い容器を持ち上げて桟橋へと戻る男女にサーチライトのような強い光が照射された。ポリタンクがヘッドライトに捉えられて夜の闇に赤く浮かび上がる。ハイビームを浴びた灯油容器が地面に下ろされると、二本目のハイビームが出現し正面に回り込んだ。近づいてきたエンジン音が止むと光源の二台の覆面パトから黒田と青木、五十嵐と亜寿佐が跳び出した。ヘッドライトを十字形に浴びた菜美と神農が光の中心で立ち尽くしていた。

「佐久間先生かと思ったら、神農さんと一緒ですか。そのポリタンクの中身は灯油ですか？」

眩しそうに眼を細めていた菜美が一瞬、黒田を睨みつけた。

「さあ、自分で確かめてみたら」

「ボートの燃料なら普通は軽油でしょう」

「だから、自分で匂いでも嗅いでみたら」

停泊するノーウエスト号に神農が目線を動かしたのを青木は見逃さなかった。

「船を見てきます」

青木が桟橋に向かい、五十嵐の合図で亜寿佐がそれに続く。

「佐久間先生は一緒じゃなかったんですか？」

黒田の問いに菜美がそっぽを向いた。

「あんな人のことなんか知らないわ」

沈黙が訪れるとサイレンが微かに聞こえ、さらに複数のサイレン音が重なっていく。亜寿佐が息せき切って戻ってきた。

「佐久間が背中を矢で撃たれ、デッキで倒れています。今、青木が救急車を呼んでいます」

手錠を黒田が取り出した。

「状況から犯行直後とみて、佐久間医師の傷害および殺人未遂容疑で二人とも現行犯逮捕する」

神農が震える声を絞り出した。

「俺が、一人でやったんだ」

「そんなことは取調室で聞こう」

二人のやりとりを聞いていた菜美がハーフダッフルのポケットをさぐるとポーチが半分のぞいた。探っていた手を上に向けて開くとピンクの錠剤が乗っていた。そして口を大きく開けると錠剤を一気に飲み込んだ。

「何を飲んだ！」

「吐き出せ！」

虚をつかれた刑事らが怒号をあげる。跳びかかられるのを拒むように後ずさると低く、くぐもった笑い声がおきた。

「ただの低用量ピル、避妊薬よ。逮捕される前にからかってみただけ」

神農がガックリと膝をつき、それを見た五十嵐が素早く両手首に手錠を回した。笑い終えた菜美が両手を前に差し出した。黒田が手錠をカチャリと掛け、手首の電波腕時計で時間を確認する。

「被疑者二名を現行犯逮捕、時刻は十一月二十九日、十九時三十五分」

警察車両のサイレン音が近くなり数も増え、それに救急車のサイレンも重なって音はますます大きくなっていた。

74

菜美と神農の逮捕を受けて、夜遅く緊急捜査会議が開かれた。猪苗代署大会議室に捜査員全員が招集され、南雲管理官から現時点での捜査状況についての報告が始まる。椅子を動かす音が止むのを見計らっていた南雲が口を開いた。

「まず始めに、事件関係者の三つ子姉妹と『檜原湖男女未成年カップル自動車内排気ガス死亡事故』で亡くなった田中美花さん、鈴木優太さんとの親子関係が、最近になって見つかった梅原医院のカルテから証明された。ただ、三つ子を日中線記念館に置き去りにした理由と、警察への通報電話、赤子をくるんでいたバスタオルへの記名、檜原湖へのドライブなど不明な点が多い。これらについては今後何か分かるかもしれないが、我々は今行っている事件捜査に集中したい」

一拍置いて南雲が続ける。

「今事件の一人目のマルガイはバレリーナ緑川優歌さん。二人目のマルガイは梅原医院看護師兼受付の柿野亜矢子さん。三人目のマルガイと思われるのが白河市在住の人形製作者である赤星精児さん。被疑者の一人でもある佐久間澄央医師は重傷を負っていたが福島医専大学病院救命センターでの緊急集中手術治療にて一命をとりとめた。だが、麻酔もあって未だ意識が戻っていない。現在、二十四時間体制で特別病室の監視をしている。被疑者であるが三つ子三姉妹の一人、看護師の太田花奈は自首しながらも取り調べも行えないまま脳腫瘍にて死亡。薬剤師の矢内菜美と製薬企業社員の神農耕助は佐久間医師への殺人未遂と一連の事件の両面で取り調べる。指紋とDNAは菜美は逮捕後に採取、神農は以前に採取済みだ。取り調べは共謀の可能性も高いところから別々に行う。矢内菜美については女性用設備の関係で郡山北署、神農耕助は猪苗代署で行う。次に翁島レイクサイドマリーナの管理責任者から入手した情報について報告する。マリーナ使用記録と契約船舶について情報協力が得られた。保管契約船舶に『ノーウエスト号』の登録があり、契約者名簿には南東北記念病院理事長である須賀川剣太郎の名前があった。船舶の捜索令状は取得済みだ。優歌さんの殺害場所が当該船内の可能性が高いと考えられるため、キャビン、デッキなど船内捜索を鑑識中心に行う。マリーナも凶器類の証拠品について重点的に捜索を行う。湖底についてもボートを出して桟橋付近を探り水面下は水上警察隊の潜水ダイバーが捜索する」

福島県警捜査員らの眼光がいっそう鋭さを増した。

75

翌日の朝から猪苗代署取調室で神農の取り調べが行われ、五十嵐と亜寿佐が担当していた。亜寿佐がデスク正面に座り、五十嵐が斜め後ろに控える。

「佐久間澄央医師の殺人未遂ですが」

目を剥いて神農が反応した。

「現行犯でしょ。認めますよ」

五十嵐が亜寿佐に目配せして机に身を乗り出して尋問役を交代した。

「あの状況で現行犯逮捕されたんだ。認めるのは当たり前だろう。順番に聞いていくから答えろ。まず、事件当日に翁島レイクサイドマリーナに行った経緯を答えろ。菜美から連絡があったんだろ」

一瞬、言葉が詰まった後で神農が語りだした。

「あの日、五時過ぎに菜美から電話があった。とにかく、すぐにマリーナに来てくれと」

「あんた、女に呼び出されたからってホイホイ出掛けるのか。自分の仕事ってものがあるだろ」

「就業時間は五時までだし、帰宅途中だったから」

「アーチェリーはどうした。車に積んでたか、それとも家まで取りにいったか」

五十嵐が立ち上がりかけたのを見て、亜寿佐が尋問者を代わった。

「そのアーチェリーですが、普通は持ち歩かないものですけど用意してたんですか。自分のものですか、それとも菜美さんのですか」

「菜美のものだ。すぐに返してもらうから車に入れておいてと言われ預かっていた」

「事情は聞かなかったんですか」

無言の時間を神農がつくった。

「それでは、ボウとアローを受け取ったのは、いつ、どこですか」

「二十三日の土曜日に猪苗代湖で……、夜に」

「猪苗代湖で菜美さんと会ったんですね。それはマリーナ？」

「志田浜ですよ」

「優歌さんの遺体を見つけたところですよ。そんな場所で菜美さんと会って気味悪いとは思わなかったんですか」

「呼び出されたんだ」

「殺されるとか考えなかった？　人を殺しているかもしれないんですよ」

「その時は菜美が恐ろしい事件を起こしている確信がなかったし……。恐怖心はなかった、むしろ……」

「むしろ何ですか」

「ロマンチックな時間だった。菜美に本当の好意を持ったのは、あの日からだった」

「誘惑でもされたんですか」

「こんな話いくらしても無駄ですよ。馬鹿馬鹿しい！」

声を荒立たせた神農に対して亜寿佐が声のトーンを落として続ける。

「こっちの話はどうですか。あなたと菜美さんは仙台薬科大学の薬学部同級生で学生時代からの知り合いでしょ。同じアーチェリー部で活動していたし、接点があったのは他の同級生から裏が取れています。ひょっとして当時から男女の交際や恋愛関係などもあったんじゃないですか」

「薬大のキャンパスで話したりグループで飲みにいったりはしていたと思いますが、二人きりでどこかに行くようなことはありませんでしたよ。まして彼氏と彼女みたいな付き合いもなかった。ただの友だち関係ですよ」

震える声の神農に亜寿佐が質問を重ねる。

「でも郡山では何度か会ってますよね」

「それは薬剤師と薬品メーカーMRとの仕事関係だから会うこともありますよ。うちの会社の新薬発売記念講演会に来てて、向こうから話しかけられたこともあったし」

「講演会場で会うのは不自然とまでは言えないですが、薬局以外の仕事場以外で会うのは不自然でしょう。例えば郡山駅前広場とか」

「そんな事あったかもしれないけど偶然ですよ。立ち話程度だったと記憶しています」

「本当に恋愛感情みたいなものはありませんでしたか」

「そういうことについては話さない」

「では佐久間医師のことならいいですか」

「いいですが、佐久間先生とは仕事上の顔見知りでした。それだけです」

「医師と製薬企業で利害関係もありますよね。その中で個人的な恨みを持ったことはありませんか」

「ありませんよ、仕事は仕事でドライなものですから」

「会社に迷惑をかけることは想像していましたか」

「それは……」

「ご両親の心情とか、お父さんが経営している調剤薬局チェーンへの悪影響とかも考えませんでしたか」

神農が下を向き、無言が続いたことで亜寿佐が話題を変えた。

「福島医専の救命センターに搬送された佐久間医師ですが、助かりそうですよ。重要臓器に致命傷まではないようです。これを聞いて、どう思いますか」

「そうですか……。焦ってアローを射ったから……。助かって良かったとは思います」

「佐久間医師は回復後に聴取することになっています。行ったことは行ったこととして、知っていることは正直に包み隠さず話したほうがいいですよ」

神農が視線を外し、横を向いて再び黙りだしたのを見た五十嵐が亜寿佐に指で合図した。

二人の刑事は留置場に神農を戻し、調書内容を一通り読み直してから取調室を出た。

76

翁島レイクサイドマリーナの栈橋近くの駐車場に警察関係車両が数台駐車していた。その中を縫うようにして黒田が栈橋上に設置されていた簡易テントに向かう。

ノーウエスト号を規制警戒中の制服警官と挨拶を交わして先にいた数人の鑑識課員に声を掛けると、その中の一人が反応した。

「特捜本部の黒田警部ですね。水中捜索ダイバーが引き揚げてからは手を付けておらず、そのままにしてあります。桟橋の突端下の湖底にあったものです」

簡易テント内に敷かれたブルーシートに泥汚れの少ないアーチェリー弓、カーボン矢、スマホが並べられ、隣には黒く汚れた二枚の大判バスタオルが広げられていた。手前のバスタオルには手ノコギリ、大型カッターナイフ、電気延長コード、マフラー、コート。奥のバスタオルには画面が割れたスマホ、ショルダーバッグ、ブーツ、スカート、ブラウス、女性の下着類が置かれ、そのどれもが泥で汚れていた。

77

神農の取り調べと同じ時間帯、郡山北署取調室で菜美が取り調べを受けていた。パイプ椅子に塚本が腰掛けて質問する。

「始めから佐久間医師を殺害する目的だったんですか」

菜美が塚本を睨みつけて答えた。

「正当防衛よ、暴行されかけてたんだから。言っとくけど、殺そうとしたのは耕助でしょ」

「アーチェリーを彼に渡して殺すように依頼したわけでしょう」

「別に頼んでないわ、勝手にやったんじゃないの」

「そんな言い訳は通用しませんよ。あの現場状況で彼が理由もなく矢を射るわけないでしょ」

「知らないわよ。佐久間と二人きりでいたから嫉妬したのかも」

「嫉妬ですか……。彼とは、そういう関係なんですか」

「あっちが勘違いしてたかも、耕助に聞いてみたら」

壁際から坂下が質問した。

「事件当日の夕方五時過ぎに佐久間からの着信履歴、神農への発信履歴、いずれも一回ずつ。何を話したんですか」

「忘れました」

「業務終了を待たずに職場の調剤薬局から出た理由は？」

「忘れました」

「翁島マリーナのクルーザー船内で落ち合うことにしたのは、菜美さん佐久間氏のどちらですか」

「忘れました」

「そうですか。佐久間さんは回復後に聴取することになっています。行ったことは行ったこととして、知っていることは正直に包み隠さず話したほうが後々いいと思います。佐久間さんは一命を取り留めましたよ」

「そうなの……」

この後、何を訊いても答えず、黙秘に転じた菜美を囲む刑事らにも疲労の色が見え出した頃、ドアがノックされた。取調室から廊下に出てきた塚本に黒田ささやく。

「今日はもう何も喋らなそうだ……」

菜美を留置場に戻して刑事らは捜査本部に戻った。

78

白河市内の赤星人形工房を温子と三島が関係先家宅捜索で訪れていた。門柱の間にバリケードテープがわたされ、白河署制服警官が付近の通行管理をしていた。枯れた雑草の目立つ庭には白黒パトと覆面パトが数台駐車され、その奥の屋根付き駐車場には黄色い低年式ポルシェ911だけが残されていた。

主のいなくなった工房をビニール製のキャップと靴カバーをし、カメラや器材をかかえた多くの警察関係者が動き回る。以前に応対された事務所兼工房の奥の扉を開くと制作途中のラブドールやビニール袋の覆いがかけられた半完成品がいくつかあった。

古びたソファに浅く腰掛けたウイッグもないスキンヘッド頭部のラブドール三体の瞳が見つめていた。

「塩入さん、これ」

白手袋をした手で三島が手前のビニール袋内部の顔を確かめると、同様に温子が三体の顔から胸と下半身を確かめていく。

「花奈モデル……。いったい何体造っていたの……」

この日、警察は工房から各種医療用人形やラブドールおよび美術作品の契約書と受注記録など関係書類を押収した。

79

午前中に赤星人形工房の捜索を終了した温子と三島が白河中央インター近くのオリオンパース光学白河研究所を訪れた。内視鏡製造工場と併設された広大な敷地に入るときゲート管理の守衛からと、研究所社屋の玄関ロビー受付で警備員からと、二度の厳重な外来者チェックがあった。

しばらくしてエレベーターホールの奥から綺麗にカットされた髪で濃青作業制服姿の斎

藤徹浩が現れた。二人の刑事が案内されたのは、窓が無く黒い床以外は壁も天井も白の殺風景な狭い一階ミーティングルームだった。

名刺交換をすると、持参していた社名入り大型封筒をデスク上に置いて斎藤がパイプ椅子に座り刑事らにも着座をうながした。交換した名刺の肩書には『オリオンパース光学株式会社　白河研究所主任研究技師　斎藤徹浩』とあった。捜査への協力依頼を斎藤は承諾し、腕時計の時間を多少気にしながらも聴取に応じて話し出した。

「赤星工房との取引は医療器械販売会社のJMM、ジャパンメディカルマシンのことですが、そこの営業課長の荒川富士男さんからの紹介でした。荒川さんのほうへは行ってきました？」

「いえ、まだですが……。紹介の経緯について話を続けていただけますか」

温子に先を促された斎藤が再開した。

「気道確保、人工呼吸や心臓マッサージ、AED使用方法などの心肺蘇生訓練用で使う服飾マネキンみたいな人形ありますよね。簡易な物だと口と鼻だけで目もないようなものもあります。内視鏡実習用も消化器と呼吸器の領域ではあるのですが、普通は上半身のみだったりしてリアルさにも欠けます。JMMは通常の医療器械以外にそういった物も販売しています。当社とはメーカーと販売会社としての関係が長い歴史もあります。営業課長の荒川さんに内視鏡操作手技取得人形の件で相談してみました。リアル等身大人形の要望は、以前から医科大学病院や研修医を受け入れている大病院などの医療現場から多く求められていました。そこで、一つの試験的なプロジェクトを立ち上げました。その成果がこれで、参考にと持参してみました」

デスク上の社名入り大型封筒から一枚の印刷物が出された。A4用紙には『消化器内視鏡操作手技取得用バイオニック・ヒューマノイドBH01』の説明文が印刷されていた。

【バイオニック・ヒューマノイドのサイズはフルスケールで、身長162㎝、体重40kgです。ヒト同様の206個の骨が組み込まれ、人体同様の柔軟性と可動域を持って平均的な人体可動部の98%をカバーしています。手首、肘、首、肩、脊柱、股関節、膝、足首といった各部の関節が人体同様に可動。ボディ表面の皮膚組織と消化管内は肌質シリコンゴムでリアルにできています。臓器内は内蔵有機ELで病状を進行度別にプログラミングすることで病変部の視覚的可変および再現ができ、当社の内視鏡AI診断サポートシステムともマッチングしています。筋肉部は硬質ウレタンフォームでヒトに近い質感と重量感です。喉頭鼻腔部からの食道胃十二指腸と肛門部からの大腸への内視鏡挿入時の人体反応、特に消化管内部粘膜構造への接触反応は微細センサーと疑似神経電気回路から機械可動部へのフィードバックが即座になされ、声帯部スピーカーより発せられる音声での認識も可能。完全コードレスの自律式も可能で主電源の高性能リチウムイオン電池は背中に隠された開閉扉から交換可能です。尚、このバイオニック・ヒューマノイドBH01の製作にあたっては会津工科大学ロボット工学科教授のヴィジャイ・ナヤール氏、医用生体工学科准教授の阿賀野京子氏、医療IT科准教授の朱強雷氏、消化器内視鏡学会認定指導医である医療法人南東北記念病院の佐久間澄央消化器科部長および人体人形制作者の赤星精児氏ら五名との共同研究となっています】

「もう一枚あります」

大判封筒から、さらにもう一枚のA4印刷物が出された。仰向けに寝たポーズ、うつ伏せに寝たポーズ、横向きで背中を丸めたポーズ、そのどれもが女性で優歌、花奈、菜美の三姉妹の同じ顔をしていた。

「刑事さんには、こちらのパンフレット写真の方により興味があると思います。先日まで当社ホームページにも掲載されていた新製品発売予告パンフレットです。内視鏡関連医療器械として医療施設の需要予測や学界からの反響を探るため試験的な販売も検討していましたが……。現場も広報もチェックミスでした。まさかBH01に実在のモデルがいたとは夢にも思いませんでした。社内の個人情報保護と倫理規定にも違反していました。設定を成人女性にしたのは産婦人科領域での応用を考慮したためですが迂闊《うかつ》でした。リアルな女性人形だったので一部の性的マニアらの目にも止まってしまって。モデルはどこにいるのかとか、バレリーナの誰々にソックリだとかメールや電話があって。中には電話に女性社員が出ると性的質問をしてくる変質者もいるんです。そんなおかしな問い合わせが多く余計な業務も増えて迷惑しましたので掲載から一週間後には削除しました。ただ、画像が一部のＳＮＳで出回っているらしいので弁護士と法的措置を検討中です。ＢＨ０１の外側ボディを造った赤星さんが事件で先日亡くなったことはお気の毒とは思いますが、実在モデルは赤星さんが当社に相談なしに勝手にやったことで、この件ではこちらとしてもいい迷惑です。今回の事件でプロジェクトは経営陣からもストップがかかりました。将来的には消化器外科領域での内視鏡手術訓練用ヒューマノイドの開発も視野に入れていたのですが……。ＢＨ０１は既に病院から回収しました。０１と開発製造の途中だった０２、０３、発注して納品された三体とも研究所倉庫に並べて置いています。お蔵入りとは、まさにこのことですよ」

この後、故赤星への苦情に続いてジャパンメディカルマシン社、会津工科大学との関係を小一時間聴取して温子と三島は帰路についた。

80

福島市の中心市街地北側にある信夫山《しのぶやま》は、標高３００メートル、外周７キロの低山ながらも山岳信仰の対象となっていた。ジャパンメディカルマシン社は信夫山のふもと御山町内に所在し、福島県警本部庁舎からも直線で2キロ未満の近い距離に所在していた。

ジャパンメディカルマシン本社ビル社屋を青木と岩瀬が訪れていた。社長室隣の三階会議室で荒川富士男営業課長の聴取が行われた。青木の聴取が佳境に入ると楕円テーブルを囲んで対峙していた荒川が座りなおしてから答える。

「オリオンパースの斎藤さんから内視鏡操作手技取得用の精密バイオニック・ヒューマノイド製作の相談がありました。そのとき、研修病院か医科大学病院の消化器内視鏡学会内視鏡認定指導医の意見を聞かないと話が進まないと思いました。病院医師と業者、ユーザーとサプライヤーで割と深い人間関係があったので佐久間先生には真っ先に打診しました。先生も最初から乗り気でした。ヒューマノイドの器械性能に問題がなく手技取得有用性データ集積ができていれば、医療用器械として厚労省へ申請予定の段階まできていました」

「ヒューマノイドの外見について精緻さを求めることは誰のアイディアですか」

「それは私です。心肺蘇生訓練人形の制作で赤星さんとは取引していました。ラブドールのような精密人体人形を造っていることも知っていましたので、会津工科大学先端テクノロジーと融合させれば画期的なヒューマノイドが完成すると考えました」

「実在の女性モデルが必要とかは考えましたか」

「考えもしませんでした。その発想は赤星さんから出ました」

「最初にお伝えしていた、佐久間医師の恋人で先日亡くなった看護師さんがモデルのことは？」

「全く知りませんでした。ただ、モデルが必要なことを先生に話したことがあり、赤星さんの電話連絡先はお伝えした記憶はありますが、その後のことは分かりません。あの……」

「何ですか」

「殺人がからむ事件に関係してしまったようですが、私は逮捕されるんでしょうか」

青木が質問に質問で返す。

「逮捕されるような心当たりでもあるんですか」

「その……、従来品の取引やヒューマノイドの打ち合わせで工房に何回か行くうちに気が付いたことがありました。予備のヒューマノイドを利用してラブドールと美術作品を赤星さんが造っていたんです」

「それはヒューマノイドをラブドールや美術作品に汎用したことになります。契約違反とは思いませんでしたか。そのことを佐久間医師やオリオンパース、会津工科大学に知らせました？」

「知った直後のタイミングで会った佐久間先生に先に言ってしまったんですが、そのとき先生は凄く驚いた様子でした。こちらで問題処理するから他には黙っていてくれと言われました。先生がオリオンパースや会津工科大学側と話し合うものと思っていました。ジャパンメディカルマシンは販売には関係しますが、開発の主体ではありませんのでお任せしたほうがいいと考えました」

「興味深いエピソードですね。他にも何かありますか」

「他はないですが、事件の間に挟まったような気持ちで夜もよく眠れない日が続いていて」

「眠れない御心情はお察ししますが、逮捕するしないは警察は安易に言えないんですよ」

「そうですよね……」

終始不安げな態度で接した荒川の聴取を終えた刑事らは、ジャパンメディカルマシン本社を出ると2キロ弱の道のりを徒歩で県警本部に向かった。中心市街地活性化対策もあって新規出店した飲食店や小売店のショーケースを眺めながら歩いていると、思いのほか早く二人の刑事は県警本部庁舎に到着した。

81

逮捕から二日後、検察への送致に備え午前の早い時間から塚本と坂下が菜美の取り調べを行っていた。佐久間への殺人未遂について塚本が聞いていた。

「クルーザーに用意した灯油をまいて火を着けようとしていたわけだから、警察としても優歌さんの殺害にも関係したと考えるのは自然な流れですが」

「知らないわよ。全部、耕助が勝手に証拠を消そうとしてやったこと」

「灯油の件は、どう説明します？　国道49号沿い、途中のガソリンスタンドで新品のポリタンク二個と灯油36リッターを菜美さんが現金で購入した調べはついています。スタンド店員も随分急《せ》かされたと記憶しています」

「最近寒くなったから、部屋のファンヒーター用に急いで買っただけ。偶然としか言いようがないわ」

「佐久間医師とクルーザーで落ち合った理由は？」

「あっちから電話があった。佐久間は花奈が死んでからおかしくなってた。あたしを見る目がいつも異常で、ストーカーのようにつきまとうようになった。クルーザーで、一度でも二人きりで逢ってくれたら、それを最後に諦めると言われた」

「随分と危険に思えますが、申し出を受けたんですか？」

「早い段階でストーカー行為を終わらせたかった。耕助には、いつか佐久間から暴行されるんじゃないかと相談してた。いざとなったら助けてもらおうと考えて連絡した。だから、あの時あたしを守ってくれた。矢を射ったのも火を着けようとしたのも、やり過ぎだっただけ」

「でも優歌さんがクルーザー内で佐久間に殺されたことは知ってたわけでしょ」

菜美が急に笑い出した。

「佐久間が殺した？　優歌を？　刑事さん、誘導質問は駄目じゃないですか。それに、これって佐久間への傷害と殺人未遂の取り調べよね。別件逮捕になるんじゃないの」

別の疑念を塚本がぶつける。

「少し話題を変えましょう。佐久間澄央さんを射ったアーチェリー用具は菜美さんのものと分かっています。実際に射ったのは神農さんですが、凶器として使う発想は菜美さんですか」

「耕助の考えで勝手にやった、それ以外に言うことないわ」

「ここに、二つの考えがあります。一つは学生時代の部活で使っていた用具を凶器にするのは自然な流れ。もう一つは部活への好印象や愛着があれば用具を凶器として使うのは心理的にタブーな行為にも思えます。菜美さんだったら、どちらですか」

「仮定の限定質問に答える必要なんか全然ないわ」

ノートパソコンの捜査資料に塚本が目を通した。

「それでは、事実関係だけを確認させてください。あなたのスマホ通話記録では遺体発見の前日と前々日の一度ずつを含めて、一週間で五回も優歌さんに電話していますね。どんな内容だったんですか。メールやメッセージ機能を使わなかった理由があったら教えていただけますか？」

菜美が視線をそらして横を向いた。

「これも事実の確認ですが、十月九日の水曜日ですが、花奈さんのスマホに優歌さんが会いたい旨や住所連絡先などのメールを送信しています」

「花奈へのメールなんでしょ。あたしに聞かれても分からない」

「十月十三日の日曜日、優歌さんのマンションに出入りする花奈さんと菜美さんの姿がエントランスの防犯カメラに記録されていますが」

「たぶん一人は優歌で、もう一人は花奈なんでしょ。刑事さん、少し疲れたから雑談してもいい？」

「多少ならいいですよ」

「バレエ『白鳥の湖』のストーリーはラストが二通りあって、ハッピーエンド版とバッドエンド版に分かれる。ハッピーエンドは悪魔との決闘に王子が勝ってオデットと結ばれる。バッドエンドは悪魔との戦いに王子が負ける。そして王子とオデットが湖の波に飲み込まれたり、身を投げて終わる。他にも様々な演出があって、オデットか王子のどちらかが一人で死んだり、二人が死後に結ばれたりもする。悪魔も最後には滅びるけど、その演出も多種多様。刑事さんなら、ハッピーとバッドのどっちが好き？」

塚本が机に両肘をつき手を組んで考えこんだ。

「どうですかね、『白鳥の湖』は観たことがないので……。一般論で言えば、ハッピーエンドは幸せな気分になる。バッドエンドは不条理を感じたり、思索することが面白い場合もある。両方を見比べた経験があれば、どっちが好きか答えられますが……」

「え、……意外」

菜美が真正面から塚本の顔をまじまじと見ていた。

「何が意外なんです？」

「あたしのふざけた質問に真面目に答えてくれたこと」

「ふざけてたんですか？」

片方の目蓋を歪ませた青木に菜美が微笑んだ。

「いいわ、お礼でもないけど、さっきの前の質問にヒントあげる」

「さっきの前の質問？」

「アーチェリー用具を耕助が使った理由」

「その件ですか、理由は何です？」

「悪魔ロットバルトは王子の矢で殺されるべき、それだけのこと。今日は、これ以上は何も話す気しない」

音を立てて椅子と体を真横に向けた菜美を見て、坂下が椅子を引いて立ち上がると取調室を出ていった。入ってきた監視役の女性警官と入れ替わるように塚本も部屋を出た。二人の刑事が取調室から出てくると、ひそひそ声で会話を始めた。

「塚本さん、菜美は優歌さんの話が出ると少し興奮して、憎しみの感情が出ますよね。話題も変えたがるし。殺害の動機があるとすれば、二人の感情のもつれだったと推察できませんか」

「動機については同感だ。感情の高ぶりが見られる。それが二人のあいだだけなのか、花奈を含めてなのか。仮説だが、何らかの理由で三つ子三姉妹の関係性が破綻し、近親憎悪もあり憎しみが増幅された。それが、結果的に殺人にまで至った……。優歌さんの殺害事件は俺らが思ってたより用意周到な計画だったかもしれんな」

「自分の分身の殺人計画か……」

ふいに塚本が廊下の天井を見上げた。

「ここも、そろそろLED照明に替え時だな」

頭上で寿命切れ近くの蛍光灯が不規則に点滅していた。

82

神農の二日目の取り調べが行われていた。猪苗代署取調室で机をはさんで神農と五十嵐、亜寿佐が相対していた。

「聴取に協力いただいて有難うございます。昨日、お話いただけなかったことを今日は聞いていきますね」

亜寿佐の冒頭あいさつに神農が無言で正面を向いた。

「途中のいきさつはともかくとして、ノーウエスト号の後部デッキで神農さんが佐久間医師の背後から矢を射り、負傷させたことは明白な事実です。この時、殺意はありましたか？」

神農の視線が一瞬、さまよった。

「明確に殺してやろうというのではなく、逆に菜美が殺されるのを防ごうとしたことが、あの行動になりました」

「急場を救うだけなら、他にいくらでも方法があると思いますが。大声を出したり物音を立てたり、何か別なものを投げつけるとか」

「相手はボートフックを持っていた。今にも振り下ろそうとしていたし、それで反撃される恐れもあった。あの時は緊急事態だったんです」

「に、してもですよ。アーチェリーの弓と矢を持って駆けつけた理由にはなりませんよ。計画性がありますよね。佐久間医師殺害計画を菜美さんと相談してたんですか」

「相談ですか……」

いったん口元を隠し、下を向いた神農が間をおいて向きなおった。

「菜美からストーカー被害の相談を受けていた。相手は佐久間先生で、花奈さんが亡くなってからは精神に変調を来《きた》し、一卵性多胎児の菜美につきまとうようになった。迷惑してるし、暴行されそうで怖い。いざとなったら預けているアーチェリーで矢を撃ちこんでほしい。緊急避難的な一種の正当防衛で責任は菜美が負うからと」

「そんな理屈を簡単に信じたんですか。そして実際の行動にもうつしたんですか」

「すべてを真に受けて信じたわけではないです。ただ菜美の力になりたい、助けたいの思いが先に立ってしまった……」

「今の話をまとめると、事前に菜美さんから佐久間医師への傷害および殺害未遂について相談があり二人で計画もしていたことになります。神農さん一人でやったと言うには無理があります。そこで聞きますが、事件があの日時になったのは偶然ですか計画どおりですか」

「昨日も言ったとおりです。あの日、直前に菜美から電話があった。だから、やった。それだけです」

無表情になった神農を見て五十嵐が、いったん休憩を提案した。制服警官と留置場につながる廊下を戻っていく手錠と腰縄の後姿が消えていく。

「恋は盲目ってやつか、理性は失いたくないもんだ」

しみじみと話す五十嵐に亜寿佐が吹き出した。

「五十嵐さんからシェイクスピアの格言を聞くとは思いませんでした」

「シェイクスピア？　そうだっけか？　普通にいう喩《たと》えだろ」

「直訳だと『しかし、恋は盲目。そして恋人たちはかなり愚かで、彼ら自身が犯した罪を見ることができない』ですよ。『ヴェニスの商人』の一文です。英語の授業で習いました」

「じゃあ、こっちはどうだ。愛は瞠目《どうもく》。うちの嫁さんが、このあいだ言ってた」

「あたし、お茶飲んできますね。五十嵐家の夫婦関係には興味ありませんから」

亜寿佐は五十嵐をさっさと置いて、猪苗代署の女性署員用休憩室に向かった。

83

土曜から日曜にかけて行われた逮捕後四十八時間以内の取調べにより、菜美と神農の佐久間医師への傷害と殺人未遂について検察への送致が終わった。DNA迅速鑑定の結果、優歌、花奈と菜美は三つ子であることが判明した。

週始め朝の捜査会議前から猪苗代署大会議室はざわめいていた。特別捜査本部が設置された日以来、幹部が一堂に揃うことが捜査員全員に通知されていた。定刻の九時になり、県警本部刑事部長兼特捜本部長の大山辰則、県警刑事部捜査一課長の中原俊数、管理官の南雲功司、副本部長の猪苗代警察署長の野口比呂文が入室してきた。それぞれが前方席で捜査員らと対面して座る。

　ペーパーの捜査資料が配られ、各種プレゼン器材のセッティングがされている途中から各人の短い挨拶が開始された。その後、南雲が立ち上がり捜査の中間総括説明を始めた。

「ここ数日、捜査上の大きな進展があった。マルガイ緑川優歌さんの殺害については、これまでも物証に乏しく凶器も見つかっていなかったが、これを見てくれ」

　真っ白だった前方スクリーンに手ノコギリが投影された。

「新潟県三条市の有限会社グソク精工で製造された手ノコギリ型番ＧＳ３０ＬＧで、ステンレス鋼曲刃30㎝、プラスチック製グリーンの柄15㎝の長さ45㎝の製品と判明」

　手ノコが拡大写真に切り替わる。

「柄の部分からは佐久間澄央の部分指紋が検出された。ＤＮＡであるがステンレス鋼曲刃に骨片と皮膚の一部が付着。こちらの方は優歌さんのＤＮＡと一致した。三つ子での困難性はあるが、状況からこれが優歌さんの遺体損壊に使われたものと断定してもいいと思われる」

　特捜本部会議室内が一斉にどよめき、室温が一気に上がった。

「尚、指紋とＤＮＡ検出については県警鑑識課科学捜査研究所による科学捜査に功績があった。この事案は最新装置のヨウ素シアノアクリレート噴霧法水中指紋自動測定システム、および水中ＤＮＡ検出機器が効果を発揮した。通常の事件とは違い今回の事件は被害者と被疑者らに一卵性の三つ子がおり、被害者人数も三人で現場と日付時間帯も三様と複雑な事件だ。中原捜査一課長と相談した結果、凶器については当分の間マスコミ他メディアへは公表しない。その上で捜査員一同に厳重なかん口令を布《し》く判断をした。県警本部の記者クラブ室のみで広報室が必要に応じて資料対応する。ここからは専従捜査班長の黒田警部に説明を頼む」

南雲の合図で黒田が前方席で立ちあがった。会議室中の視線が集中するが、それを跳ね返す眼力が黒田にはあった。

「捜査資料のクルーザー『ノーウエスト号』が係留されていた翁島レイクサイドマリーナ桟橋近くの湖底で見つかった証拠物件について説明する。手ノコ、大型カッターナイフ、電気延長コード、バスタオルは『ノーウエスト号』の船主、南東北記念病院の須賀川剣太郎理事長によると船内外での作業や釣り道具として工具箱に入れていたり、船舶に常備していたものと判明。手ノコ、カッターナイフは竿や網に引っかかったロープや流木の切断に使用するもの。工具箱にハサミやペンチ、金ヅチ、ドライバーセットなどとともに入れていたもの。電気延長コードはキャビン、バスタオルはシャワー室に置いていたもの。キャビン奥のトイレ併設のシャワー室を鑑識捜査したところ微量の血痕を排水口から発見。優歌さんのDNAが検出された。頭部切断の犯行現場についてはシャワー室の線が濃い。他の証拠品であるが見つかった優歌さんのスマホは電源が切られ破損状態。佐久間のスマホは電源が切られた状態でそれぞれに持ち主と菜美の指紋。アーチェリー弓からは菜美と神農の指紋。カッターと電気延長コード、カーボン矢からは何も出なかった。尚、須賀川理事長はクルーザーを佐久間に貸したことがあっただけで、犯行には全く無関係と主張し現在は顧問弁護士が常時行動を共にしていることを付け加える。物的証拠と状況証拠は揃いつつあるため、今後は特に自白を導きたい。神農についてはほぼ終了し、菜美は難航している。佐久間については回復を待って主治医とも相談し、任意聴取から随時行っていく。以上だ」

黒田の捜査報告の後、南雲により質疑が短く執り行われ幹部出席の特別捜査本部会議は終了した。

84

福島医専大学救命センターに搬送され、大学病院特別室に入院していた佐久間澄央が意識を取り戻した。

数日後、須賀川剣太郎が手配した弁護士立ち合いのもとで短時間の任意聴取に応じることを佐久間は承諾した。特捜本部捜査班長の黒田北都警部から物的証拠と状況証拠が揃った説明を受けた佐久間は主治医判断と体調の悪い日を除くことを自ら条件にした。聴取が重なるにつれて一連の事件の全容が見え出した。

「花奈への暴言が許せなかった」

点滴チューブとバイタルサイン測定モニターにつながれ、医療入院ベッドに寝たままの状態で酸素吸入マスクを外した佐久間が黒田と青木からの聴取に応じていた。

「十月初めに優歌のバレエ公演を花奈と菜美が見に行った。二人は上野の東京文化会館で公演してたメトロポリス東京バレエ団公演『白鳥の湖』を観にいって関係者受付の人にお願いした。優歌の妹なので面会を取り次いでほしいと。別の優歌が二人も来たから、バレエ団関係者もかなり驚いたらしい。その時は忙しく余裕がないという理由で面会は断られ、連絡先だけ手紙にして帰ったそうだ。三日くらいしてから連絡があった。それから数日後に優歌の町田マンションで人目を避けるようにして三人が会った。そこで花奈への暴言があった。優歌はひどい女だ。バレリーナの仕事に悪影響があるから、もう二度と来るなと。白鳥の湖の主役、オデットにもう少しでなれそうだと凄い形相で言ったそうだ。幼い頃に生き別れになった三つ子の姉妹にだよ。花奈に言うことは許されるものじゃない言葉と態度だった。花奈は、その時もう脳腫瘍で余命少ないこと自分でも分かってたから。郡山に帰ってきたとき相当ショックを受けてた。自分を全否定されたみたいな対応で死刑宣告されたようなものだ。その日以来、弱ってた体がますますやせ細っていった。多分、自首したときが体力の限界だったと思う。最後の力を振り絞って警察に行った。私の罪をあの世に持っていって、この世から消し去るために。私のためにね……」

黙って聞いていた黒田が問い返す。

「緑川優歌さんを殺したのは佐久間澄央さんに間違いないですね」

長く沈黙してから、おもむろに佐久間が口を開いた。そして声を振り絞った。

「そうです、私が優歌を殺しました……」

刑事らが更に自白をうながそうと前のめりになったとき、ベッドサイドモニター液晶表示のバイタルサインが変動した。心電図、心拍数、血圧が急激に変化したことで異常を知らせるブザーが鳴り、隣室で待機していた主治医からストップがかかった。この日、これ以上の聴取は打ち切りとなった。

佐久間の個室には自殺と逃走防止のため、制服警官の監視警護が二十四時間体制でつけられた。主治医からは病室での聴取は基本的に患者の体調の良いときに短時間で週二回までが限度とされた。弁護士からは重傷者の対処についての抗議もあった。

85

参考人として矢内健五が郡山北署に呼ばれた。亜寿佐と岩瀬の聴取に対して菜美の不穏な行動については気が付いていたが、詳細については把握しておらず、今思えばもっと干渉しておけばよかったという内容に終始した。四歳当時の日中線記念館での出来事についての記憶は無く、捨て子三姉妹の存在と菜美ひとりを抱えて家に戻った理由などの情報は得られなかった。

「菜美は今どうしてますか。熱塩の両親も心痛で寝込んでしまうし、祖母の認知症も進行しているようで……。今後はどうなるんでしょうか」

亜寿佐が捜査時系列を説明する。

「佐久間氏の傷害と殺害未遂に関与しているのは明らかですから、四十八時間以内に検察へ送致。その後、検察から裁判所に勾留請求。取り調べ後に起訴の流れが考えられます」

「菜美と話せませんか」

「それは無理です。すでに接見禁止処分が出されています。健五さんも参考人で来ていただいていますし」

「そうですか……」

肩を落としていた健五が居住まいを正した。

「両親は菜美が何をしても見捨てないと言っていますし、私も同じです」

聴取の最後に自宅と職場から遠くに行かないよう指示を受け、制服警官に付き添われた健五が取調室から出ていく。廊下に送り出して後姿を見ていた岩瀬がドアを閉めた。

「俺にもクソ生意気な妹が一人いるんですが、あんなに妹に思いを寄せられる自信はとてもないですよ」

「クソ生意気と言ってる時点で妹さんとの関係が想像できるわ。もう無理なんじゃないの」

「言い方ひどいなあ……」

それから多少の言い合いも交えながらも、二人の刑事は調書の作成を始めた。

86

県立福島医専大学はJR福島駅東口から10キロ離れた福島市南部の丘陵地帯にあった。東北自動車道『福島松川ETCスマートインター』や国道4号線とのアクセスも良く、その付属病院はキャンパス設備を含む広大な敷地のほぼ中央に位置していた。

付属病院特別室の医療ベッドに横たわる佐久間にブラインドシャッターの隙間から漏れ出た日の光が細く筋状に当たっていた。

「誤算や歯車が狂うとは、こういうことを言うのかな」

ベッドサイドの椅子に腰かけた黒田が聞き役に徹し、青木がメモしていた。

「オリオンパースからジャパンメディカルマシンを通じて、消化器内視鏡手技取得用の全身精密人形、バイオニック・ヒューマノイドを開発したいと話を受けた時はまたとないチャンスだと思った。精密全身人型で多臓器対応、高度な電気的フィードバック機能で骨格筋肉声帯での高速リアル反応は現時点ではないものだ。以前に勤めていた大学医学部で同僚の眼科医師が手術訓練用モデル、バイオニック・アイを同じ大学の医用生体工学科教授らと開発したことがあった。眼球の構造や組織の質感をそっくりに再現したもので、手術の精度を上げるのに貢献したことで眼科学会での名声も得た。その後に彼は他大学の眼科教授に栄進したよ。今回の件で考えたのは内視鏡領域での画期的な医療器械研究開発者に名を連ねたとなると消化器内視鏡学会での栄誉に直結する。会津工科大学のロボット工学科、医用生体工学科、医療ＩＴ科と手を組めば最初から成功したも同然だった。実際に発売されると多少は金銭的利益も得られるわけだが、それよりも医療界での名誉が得られる。誤算は人形造形師の赤星がラブドール制作者でもあったこと。最初に過去の芸術作品の写真画像ばかり見せられた。実物モデルがほしいという話を聞いた時は正直思いつかなかった。何気なく開発計画を花奈に知らせたら自分がモデルになりたいと言ってきたが、最初は気が進まなかった。裸になって写真を撮られたり体の部分サイズを細かく測られたり、型取り樹脂を塗られるとも聞いていたから。ただ、花奈から脳腫瘍で余命が短いから医療用人形が残っていれば、自分が死んでも分身がこの世に残るからと言われた。私の医療研究実績に貢献したいとも懇願された。だから最後は私も納得した」

黒田が質問をはさんだ。

「赤星氏からの聴取ではモデルは誰か分からないとなっていますが」

少し間をおいてから佐久間が口を開いた。

「知らなかったというのは本当だろう。工房へは花奈が一人で行ったし、簡単な同意契約書やモデル料の領収書も書いたはずだが、名前は架空にしたはずだ。後で赤星を誘い出す際は、実はモデルは知人女性で汎用されると迷惑がかかる程度のことしか言わなかった」

太陽の角度が変わり、ブラインドシャッターから差し込むボーダー状の日差しが太くなったのに構わず佐久間が語る。

「赤星の強欲さと厚顔無恥は想像を超えていた。明確な契約違反をしながらヒューマノイドをラブドールそのものとしても販売しようとし、芸術作品としても使いまわしていた。ジャパンメディカルマシンの荒川から聞いたときは怒りで体が震えた。死の迫った花奈への冒涜《ぼうとく》でしかない。あいつは許さない、制裁し殺すしかないと思った。警察を間に挟むことは頭の隅にはあったが、契約違反で逮捕されてもただの経済犯罪で、私にすれば微罪で済むことは分かり切っていた……。だから契約違反の件は見逃すかわりにドールを今後の研究資料物として一体融通してもらえないか、そして残りのドールとデータ類の破棄に応じてくれたら三百万までなら出すと電話した。あいつは契約違反を自覚していたし、犯罪となると今後の商売にも支障があると納得したようだ。受け渡し場所に人目に付きたくないと理由をつけて、土地勘のあった天神浜を指定し待ち合わせた」

再度、質問を黒田がはさむ。

「どうして土地勘があったんですか？」

「何年か前だが、消化器病棟の入院患者に釣り好きのお爺ちゃんがいて、回診時に釣り好き同士として何度か話し込んだことがあった。天神浜近くに家があって、穴場的な釣りスポットが近くにあるからと場所や行き方を親切に教えてくれた。気さくで人の良いお爺ちゃんだったが、結局その後に胃癌で亡くなった。長生きしてもらいたくて、消化器外科の先生とも色々と手を尽くしたんだが……」

「お悔やみします」

弔いの言葉に少しうなずいて佐久間が話を続けた。

「天神浜駐車場の脇道から入ると地元の人しか来ないような釣り場の赤岬がある。花奈も連れて何度かバス釣りに行ったことがあった。狭いが藪を開いた砂利道が続いていて三、四台駐車できる空き地もある。そこまで私と奴の車を進入させ、あたりに人気が無いのを確認してドールを私の車まで運ばせた。トランクに積み込んでるとき、後ろから腰から抜いた革ベルトで首を絞めた。手袋は事前に用意していた。奴のスマホは電源を切り、踏みつぶして破壊した。手袋もベルトも壊したスマホも紙袋に入れ、外から分からないようにしてから燃やせるゴミに混ぜた。直後に捨てたから、とっくに、焼却灰《しょうきゃくばい》になっているだろう。余計だったが、ワンボックスに積んであった牽引ロープで顔をグルグル巻きにしてやったのは、復讐感情を抑えきれなくて辱《はずかし》めを受けさせたかったからだ。ラブドールは自分の車で持ち帰り、シーツで隠して部屋に入れた。今でも私の部屋にあるはずだ……」

言い終わり沈黙した佐久間が短い時間で眠りに入った。メモしていた青木が立ち上がり、ブラインドシャッターの角度を調整して部屋全体を暗くした。二人の刑事は物音を立てないようにして慎重に病室から退去した。

87

十二月になり、金山町立幻想美術館は春先から晩秋までの開館期間を終了して冬季閉館に入った。特別企画展『オスカー・ワイルドとサロメ幻想』作品群の撤収作業が閑散とした館内で行われていた。

床には卓上ＣＤコンポが置かれ、普段は無音の館内に作業時ＢＧＭとしてクラシック音楽が響き渡っていた。それは戯曲サロメ独語版をもとにリヒャルト・シュトラウスが１９０５年に作曲したオペラ『サロメ』だった。

ジーンズとトレーナーのラフな格好の宮下エミカが、裸婦の等身大人形全体を覆うようにビニールカバーを慎重に被せた。他の職員と二人がかりで台車に乗せられた人形が保管庫まで運び入れられ、木材パレットの上に置かれた。

管理伝票に作品名、作者名、日時などがボールペンで順に記載されていき、備考欄には返却保留と書き込まれる。エミカが、それをガムテープでビニール表面に張り付けた。足元にヴェールを纏《まと》わせたまま、ひざまずく裸女性。両手で顔前に上げられた銀の大皿に載った男性頭部はビニールカバーの中で、まだ両目から血の涙を流していた。

オペラ『サロメ』第四幕八曲目『七枚のヴェールの踊り』が始まった。短い導入部が荒々しく終わり、管弦楽がゆったりとしたテンポで官能的にも思える曲を奏でるが、展示室ホールにそれを聴く人影はなかった。

88

少しだけ角度が起こされた電動医療ベッドで佐久間が聴取に応じていた。病室のブラインドシャッターが引き上げられ、空には薄い曇が広がっていた。

「優歌がSNSで知ったのが始まりだった。コアなバレエファンには当然、芸術に通じた人も多いし、その人らの趣味も多様だ。幻想美術館の企画展でバイオニック・ヒューマノイドを使い回した作品に何人かが気づいた。実際に見に行くことはなくても館のホームページや企画紹介チラシの写真画像で類似性はいとも簡単に露出する。バレエファンや関係者なら、より狭い世界だから拡散しやすいしそのスピードも速い。『聖ヨハネの首を受け取るサロメ』のサロメは偶然を装っても取り繕えないほどリアルだった。優歌のSNSへはバレエファンだけならまだ良かったが一部の性的マニアからもコンタクトが来だした。そのうちにバイオニック・ヒューマノイドの画像も拡散しだした。だから花奈が結果的に人形モデルになったことを辛辣《しんらつ》に非難したんだろう。優歌なりのバレリーナとしてのステップアップ時期と重なった焦りや怒りもあったんだろう……」

一羽の野生の小鳥が飛んできてガラス窓と外壁の段差で羽を休めた。

「優歌殺害計画は菜美から持ち掛けられた。菜美は花奈と自分を黒歴史にしたことが許せないと言い、花奈が死んで優歌が生き続けるのは間違ってると言った。私も花奈を悲しませ余命を削った罪は病状を知らなかったとしても償うべきと考えた。この頃から菜美も生き残るのは違うんじゃないかとボンヤリ思ってはいたが……。花奈には計画のことは何も知らせなかった。優歌への連絡はすべて菜美がやった。赤星が勝手に契約違反でやったことを認め、人形サロメは出展取りやめで回収することになった。廃棄の証拠として無償譲渡するから幻想美術館まで取りに来てくれ。芸術作品だから持っておいてもいいし、そちらで廃棄した方が安心とか理由をつけた。バイオニック・ヒューマノイドは顔を造り変える約束で納得してもらった。どの嘘も私が考えた。人形サロメを入れるための大型スーツケースを持ってくるように言った。殺害後に優歌本人を入れて猪苗代湖に沈めることを当初から計画していた。郡山駅から湖までの車移動は私が関与するのも不自然だから菜美が一人でやった。金山町の幻想美術館に行く前に猪苗代湖志田浜に白鳥を見に行くように仕向けた。この時期には大陸から越冬のため白鳥が飛来し始めている。『白鳥の湖』オデットの役作りのためにも白鳥を見てから行こうと菜美に言わせた。これが思っていたより優歌の心に刺さり、こっちに来るモチベーションになったようだ。彼女ら二人は真っすぐ猪苗代湖に向かい、私は翁島レイクサイドマリーナで先回りして待っていた。防犯カメラから死角になる位置や動線を見つける時間的余裕も持てた」

捜査ノートを見ながら黒田が疑問点を聴取した。

「薬で眠らせるのも、あなたが考えたんですか。入手したのも？」

「睡眠導入剤のアイディアも薬を用意したのも菜美だ。トリアゾラムで眠らせておけば犯行がやりやすいと。途中のコンビニでコーヒーを買い混ぜて飲ませた。効いてきたらスマホ電源を先に切るのは計画通りだった。マリーナに着いた時には優歌はもう意識朦朧状態だった。スーツケースは菜美に引かせて、私が優歌を抱えるようにしてクルーザーまで連れて行った。完全に眠り込んだことを確認してから船内の電気コードで絞め殺した。スーツケースに入れるときになって計算外のことが生じた。バレリーナで身体は柔軟だったが身長のサイズが大きかったから、服を脱がしても入りきらなかった。首を切り離す必要があった。切断する刃物が急に必要になって船の工具箱にあったカッターナイフと手ノコで切断した。クルーザーを借りておいたのは何をするにも船内でのほうが人目につかないと考えたからだが、首の切断までは想定していなかった……。クルーザーのシャワー室で首を切断した。絞殺から切断までは私が一人でやった。菜美は見ているだけだった。スーツケースに詰め、暗くなってから桟橋の突端からバスタオルに包んだ刃物や衣類と一緒に湖に投棄した。誤算だったのはスーツケースが水に浮くほど軽い最新素材で、防水機能と耐水性が高かった点だ。一晩で志田浜まで流されるのは想定外だった。おそらく優歌は体重45kgくらいだろう。血液は体重の8%だからおおよそ4kg弱、首の切断で血液量が半減していたとしたら約2kgは軽くなっていた。重りを入れるべきだったし、水が入るように少しくらいファスナーを開けておけばよかった。北西からの強い風も吹いていた。湖にスーツケースを投げ捨てたら、すぐに沖に流されていったから沈むところまで確認できなかった」

顔を横に向けた佐久間の眼差しにつられて刑事らも窓の外を見ると、その視線を感じ取った野鳥は羽ばたき急いで飛び立っていった。

89

ＪＲ郡山駅前を南北に走る『日の出通り』に面して建つ十五階建て高層マンションに佐久間の自宅はあった。鑑識課員および亜寿佐と三島、岩瀬らの警察関係者によって、十階１０１５号室の家宅捜索が行われた。

オートロックのドアを開けると玄関には男女の靴が複数並べられていた。脇の靴箱の横スペースには釣り道具のロッドが立てかけられ、天板にはリールとルアーが別々に収納された透明ケースも乗せられていた。

ビニールのキャップやオーバーシューズ、白手袋の刑事らが廊下を進むと左右に小部屋があり、一番奥がリビングダイニングだった。カーテンが開けっぱなしで、ベランダに出られる東向きの掃き出し窓の外には、中通り地区の郡山と浜通り地区の太平洋側を隔てる阿武隈高地が広がっていた。

リビングに進入した捜査員らが一堂に驚愕した。壁際に置かれたソファに女性の姿があった。黒髪ロングに白いブラウスと水色のセーター、ベージュのスカート、赤いソックス、ブラウンのルームシューズまで履いた花奈のラブドールだった。亜寿佐が着衣の下を確認すると下着類も身に着けていた。

前のテーブルには花瓶に入れられないまま、水気を失った小さな花束が置いてあった。それは青の色素をわずかに残したまま萎《しお》れドライフラワー化した五本の薔薇《ばら》だった。

リビング本棚にはロシアのドストエフスキー、フランスのヴィクトル・ユゴーと並んで、デンマークのハンス・アンデルセン童話全集など外国文学の美装単行本が数多く並べられていた。

ダイニングに行くと、白色テーブルに料理の乗っていない白磁食器の皿とナイフ、フォーク、スプーンが対面に二人分並べられていた。テーブル中央に小フレームに入れられた写真が置かれていた。花奈が一人と、花奈と佐久間の二人、どちらも笑顔の写真だった。

90

少し起こされた医療ベッドで佐久間の聴取が黒田青木組で再開された。窓の外では弱い雪が降り出していた。

「梅原医院は何度か行ったことがあった。梅原先生が南東北記念病院を退職して医院を継承したときに挨拶がてら訪問したし、花奈の堕胎をお願いしたときも……。土蔵がアトリエ兼カルテ倉庫なのは案内されたこともあって知っていた」

沈黙があって、特別室から主治医と看護師が完全に出ていくのを見て語りだす。

「花奈が自分のルーツやオリジンを死ぬ前に詳しく知りたいと以前から願っていた。実の父と母、出生の秘密を知りたいと。私もできるだけ協力したいと思い、児童養護施設や乳児院、当時の新聞記事とか調べてみたら、梅原医院の先代院長が何か知っていたとピンときた。猪苗代のあの辺りでと考えれば、すぐに思いつく。花奈が当時のカルテのことを電話して聞いた。古いカルテが今でも土蔵にあると確信した。梅原先生は産婦人科学会へ毎年出席していたから、学会期間中は不在だと思った。古い医院で防犯カメラとか警備会社契約のセキュリティ対策はしていないようだから、研究日で私が休みの木曜日、学会初日に侵入した。土蔵の錠前を壊すために車からタイヤ交換レンチを持っていったが必要なかった。錠前自体が掛かっていなかったから扉の陰にレンチを置いて中に入った」

小さな雪が窓に当たっては溶けていく。黒田が疑問をはさんだ。

「不在をねらったということですが、梅原先生とは以前から交友がありましたよね。空き巣みたいなことをしなくても、事情を話してカルテ入手を依頼してみようとは考えなかったんですか」

「花奈が嫌がったんだ。脳腫瘍末期だと分かってからは精神的にも病みだし、母親のことや出生の事情を他人に知られるのを極端に恐れていた。途中から抗癌治療も放棄した。治療の副作用で髪を失いたくないと繰り返し言っていた。できうる限りの治療をしようと何度も言った。だが、美しい黒髪は花奈の自慢だったから、医者の私でも最後まで説得できなかった」

「分かりました、続けてください」

「古いカルテを探すのに想像以上に手間取った。何せ量が多すぎて、整理の仕方も年度ごと月ごとといってても紐で縛ってあったり紙袋に入れてあったり雑で。見つけ出せなくて、時間を浪費しているうちに変な焦りも感じてしまった。そのうち、あの職員が掃除にやってきた。下の名前で呼ばれていたから亜矢子さんという名前だけは知っていた。誰もいないはずだと思っていたが住み込みに近かったのかな。奥様が亡くなってからの梅原先生との関係はよく分からないが……。掃除中は隠れてやりすごそうとしたが、あわてて棚に戻したから動かしたカルテが崩れて床に落ちてしまった。顔は知られていたから彼女と出くわして一瞬パニックになった。近くの机にメスがあったので咄嗟に刺してしまった。該当カルテを探す余裕も時間もなくなった。メスを持ったまま、レンチを拾ってその場から逃げた。調書には殺意はなかったと書いてもらえますか」

聴取ノートにペンを走らせていた青木が顔を上げる。

「ここでは聞き置くに留めます。続けてください」

「先代か外科だった先々代院長のものだろうが、使い古しの外科用メスをペインティングナイフとして使っていたらしい。今のはディスポーザブルで一回で使い捨てるが昔は研磨し消毒して使っていたから。血のついたメスは帰りの降りる途中で藪の中に投げ入れた。探せば見つかるかもしれないが大変な労力だろうね。あれから月日も経っていて雨や落ち葉のこともあるから。車は下の県道の目立たない駐車帯の樹の下に置いていた。駐車帯脇に下の道路から上がってくると土蔵の裏に出られる一種の近道がある。今はだれも使わないから草ぼうぼうで荒れているが、車を持ってない昔の田舎の人が歩いて登ってきてたような道だ。以前に医院にお邪魔したとき、いきなり藪から通院のお婆ちゃんが出てきてビックリしたから憶えていた」

ベッド脇で座りなおした黒田が要点を訊いた。

「花奈さんは一緒だったんですか」

「花奈はもう病気で休んでいたから一緒に来ていた。何かあったらすぐ動かせるよう用心して車の中で待たせていた。平日の日中は交通量の少ない田舎道でも車内が無人だと怪しまれる。戻ってきたとき返り血も浴びていたから、私の様子を見てひどく驚いていた。優歌を殺したことは、この時に車内で知らせたが反応は特になかった。花奈がいなければマンションに帰るのも着替えもままならなかっただろう。翌日の夕方に自首したのは知らなかったし、相談もなかった。事前に相談すれば止められるとでも思ったのかもしれないが、今となっては分からない。あの世まで私の罪を持っていくつもりだったのか……。毎日でもないが、仕事終わりに駅ビル食品館で食材を調達して帰っていた。あの日は帰りしな、通りかかった入居生花店で花奈の好きな花を見かけて買って帰った。だが、マンションに戻ったとき花奈はもう居なかった。リビングに『今日は須賀川の実家に戻っています』のメモが残っていた。いつものことだから、そんなものかと思っていた。実際は家に帰らず、ご両親に自首することを電話していただけだった。最後にお母さんお父さんの声を聴きたかったのだろうか……。刑事さん、休憩してもいいかな。話し疲れた……」

佐久間の様子を見た二人の刑事がいったん病室を出て主治医と状態について相談する。その結果、今日の聴取はここまでとすることになった。

91

午後休診となっていた土曜日。デッサン鉛筆を梅原が握っていた。医院裏の土蔵内は清掃と片づけもようやく終わり、本来の静謐さを取り戻していた。

頭上の観音開きされた小さな窓から陽が差し込み、若い女性の足元を照らす。黒光りする床の中央にモデル台が置かれ、木製椅子にガウンを着た裸婦モデルが腰掛けていた。絵具で汚れた白衣姿の梅原がゼンマイ式アナログタイマーをセットすると、モデルがガウンを脱いで椅子に置いた。オールヌードになったモデルが台上でポーズをとって静止した。

その姿がデッサン画用紙に写し取られていく。

夕刻になって温子と岩瀬が医院を訪れた。柿野亜矢子の赤い軽自動車はもうなく、梅原のＢＭＷと並んで見慣れない郡山ナンバーのオレンジ色プジョー２０７が置いてあった。入口は閉まっており、横の壁には『看護師募集中』の張り紙がしてあった。刑事らは医院横の住居部玄関に回ったが、呼び鈴や声掛けに反応がないことで二人の刑事はさらに医院裏に向かった。土蔵の扉がわずかに開いており、その隙間から中を覗いた温子から岩瀬に指示があった。

「下がっててちょうだい。いいって言うまで誰も近づけないで」

怪訝な顔をしながらも岩瀬が後ずさり周囲を警戒する。外から声が聞こえたことで裸婦モデルがポーズを解いてガウンをはおった。扉が少し開き、梅原が顔を見せた。

「女性刑事さんか、今日は何の用だね？」

「お取り込み中すいません。少しの時間、捜査に協力いただけませんか。お聞きしたいことがあって」

「ちょっと待ってもらっていいかな」

温子の同意に土蔵内部に向かって一言二言の声掛けをしてから向き合う。

「あらためて聞きたいことは何なの？」

「一連の殺人容疑で逮捕した佐久間被疑者が亜矢子さんを刺した凶器は、絵描き用具として机に置いてあった古い外科用メスだと供述しています。心当たりはありますか」

「やはりそうか……。ペインティングナイフの一種として使い古しのメスを何本か使っていた。ただ、いつも本数を正確に把握していたわけではなかった。減っていたような気はしていたのだが……」

「もう一度、敷地内を含めて医院周辺で凶器の捜索をすることになるかもしれません。先生への連絡は直前になりますが了承いただけますか」

「了承も何もないよ。好きにやってくれ」

梅原の後ろから、ゆったりとした青いワンピースの上に同系色ウールコートをはおったボブカットの女性が現れると不機嫌な表情が一瞬緩む。

「彼女は時々頼んでる絵のモデルさん」

女性が軽く会釈する。

「先生、今日はもう上がりでいいと聞きましたから帰りますね」

「里見さん、お疲れ様。これ今日のモデル料と往復のガソリン代」

白衣のポケットから出された茶封筒が手渡される。

「いつも有難うございます、助かります。先生、またお願いしますね」

女性が足早にプジョーに乗り込んでいくと、ドアが閉まりエンジン音が遠ざかっていく。

その様子を見送ってから二人の刑事は医院を後にした。

帰りの覆面パト車内では今後の梅原医院周辺と柿野亜矢子殺害事件についての捜査手順が話し合われた。運転中の岩瀬が隣の温子が書いていた捜査メモ内容に質問した。

「さっきの女性、ヌードモデルなんですね。郡山ナンバーのフランス車でしたけど市内からですかね。それにしても、あの土蔵の中で亜矢子さんは殺されたのに怖くないのかな。俺だったら気味悪くて嫌ですけど、しかも裸で」

捜査ノートを温子が閉じた。

「芸術でしょ、画家は芸術だし、モデルはビジネスだし。刑事が気味悪いとか怖いとか、何言ってんの。あれえ、ひょっとして岩瀬いやらしい想像してない？」

「何言ってんですか！　殺害現場とヌードの取り合わせを珍しいと思っただけですから」

「本当？」

疑惑の目を向けられた岩瀬と、パンチを軽く繰り出すしぐさをした温子を乗せて覆面パトは猪苗代署の特捜本部に向かっていた。

92

緑川薬品取締役社長の緑川正一は姪にあたる優歌の葬儀と告別式を市内葬祭会館で執り

行った。社長の正一が喪主となっていたことで旧知の取引会社関係者の多くが参列し、会葬受付に喪服の列をなした。会葬御礼を述べる正一の涙声を意外にも感じながら参列者らは厳粛な思いで葬儀会場を後にした。

告別式が終わってから数日が経過すると、それを待っていたかのように緑川薬品は全国展開している医薬品卸会社『カシオペア・メディスン・ホールセラー』に吸収合併されることが正式に発表された。正一の引退と退職も同時に公表された。

社史に幕を下ろす合併前日の就業時間が終了し、希望と不安の入り混じった表情の社員らが社屋を出て退社していく正一を見送る。本社前入口に集合したダークスーツと事務服、作業服姿の社員が整列するなかに月刊財界誌『福島あけぼの』取材記者、猫塚忠助の姿があった。猫塚は無遠慮にカメラとスマホを駆使して正一と社員らの姿を画像としておさめていた。翌月発売の『福島あけぼの』の新聞広告見出しは、「福島県古参薬品卸の緑川薬品が退場、身内のスキャンダルとともに迎えた終焉」となっていた。

93

のべ五回にわたった佐久間澄央からの福島医専大学付属病院特別室での病室聴取が終わ

った。

三件続いた殺人について事件ストーリーの見立てがほぼ完結した。事件ごとに単独犯か共犯か。共犯の場合は共同正犯、教唆犯、幇助犯の相関関係。殺害動機、連絡や通信の手段、殺害方法および使用した凶器、移動手段や隠蔽目的。直接証拠と状況証拠の確保、犯人逮捕と聴取にもひとまず区切りがつき、事件全体の概要が見えたと特捜本部幹部会議は結論を下した。

佐久間澄央については三件の殺人事件ごとの逮捕、送検、勾留、勾留延長、起訴の手順は決まっていたが、今後の病状と体力の回復状況をみての退院と逮捕時期が課題だった。

佐久間からの聴取を受けて、緑川優歌の殺人遺体損壊遺棄事件における矢内菜美の逮捕と取り調べも今後の課題とされた。

優歌と柿野亜矢子の二人の殺人について自首してきた太田花奈については送検の心配はないと福島県警察は判断した。自首の場合、身代わりや虚偽の場合は当該事件について嫌疑がないときは自首にはあたらないためだった。

福島医専大学付属病院特別室は複数の制服警官による二十四時間の監視警護体制がより一層強化された。

特別病室のサッシ窓の外には粉雪が舞っていた。東北地方南部の福島県中通りにも、年末十二月中旬を過ぎるとシベリア大陸からの寒気団が周期的に南下していた。

病室からは青木純斗巡査が廊下に配置された複数の警護監視役制服警官と主治医、弁護士とで今後の段取りについて話している様子が見て取れた。

黒田北都から病室での聴取が一段落したことを告げられた佐久間が口を開いた。

「刑事さん、少し時間いいですか……」

黒田が佐久間と二人きりになっていた。

「いいですが何か？」

ゆっくりとした口調で佐久間が話し出した。

「これで花奈に私の罪を背負わせなくて済みましたか……」

純白の雪の結晶が北風に吹かれて真横に拭き流されていく。

「それだけが心配です。やったこと、知っていることは全てお話しました……」

大きなガラス窓の外では、小さな野鳥が風に逆らうように翔んでいた。

「花奈は天国への階段を無事に上り切ったのだろうか……。門番の天使に歓迎され、重たい扉を押し開けられたのか……」

野鳥が窓枠の外に消えた。

「病気と、いらぬ罪と罰から解放されたことを喜んでいるのだろうか……。自分の居場所を見つけられたのか……」

雪と風は吹きやむ様子はなかった。

「天国の美しい花畑で楽しい夢でも見ているのか……。そして、私のことを憶えているだろうか……」

黒田は、そのどれにも答えを持ちあわせていなかった。この日、天空から降り注いだ雪は夜通し吹いた強風でその大部分が吹き飛ばされ、翌朝まで積もることはなかった。

94

郡山市南部に隣接する須賀川市は人口約7万の地方市で、ゴジラとウルトラマンを生み出した特撮の神様、円谷英二と1964年東京オリンピック、マラソン銅メダリスト円谷幸吉の出身地でもあった。

太田花奈の両親、広嗣と沙苗の家は広嗣の勤務先だった須賀川市役所も近い、市街地東部の緑ヶ丘公園に面した閑静な住宅地にあり、大手住宅メーカーが建てた和風の一軒家だった。太田夫妻の自宅を亜寿佐と岩瀬が訪れた。警察関係者の来訪を知らされていた広嗣は休暇を取って迎えてくれていた。

二人の刑事は、先に花奈の遺影位牌に手を合わせ線香をあげてから聴取にはいった。

和室の居間で沙苗が亜寿佐に語っていた。

「花奈は最後はあんな病気になってしまいましたが、もともと活発で元気な子でした。ですからバレエではなくバレーボールに夢中で小中高と部活しておりました。でも、根は文系のようで文学少女的なところもありました。海外の小説などをよく読んでいましたが、童話趣味もあってグリムやペロー、中でもアンデルセンが大好きでした。高校を卒業したら、どこかの大学の文学部でも行くのかなと何となく思っていましたので、地元短大の看護学部に進学したのは親としても意外でした。もちろん本人の希望でした」

　道一本はさんだ公園から子どもたちの歓声がしていた。半分開けられたサッシ窓からにぎやかな複数の声が聞こえてくる。外を一瞬見てから沙苗が再び語りだした。

「わたしは若いころからバレエファンでしたので、公演の多い東京へは趣味のお友達と新幹線でよく出かけておりました。そのうちメトロポリス東京バレエ団の緑川優歌さんの存在を知る機会がありました。花奈に似ておりましたので最初はとにかく驚きました。ポワント基金で援助してみたいと思ったのも、それが切っ掛けです。ポワント基金贈呈式には五回ほど行きましたでしょうか。花奈にはバレエファンとは言っていましたが、優歌さんを援助していたことは話してはおりませんでした。そのうち一度だけ、どんなものかどうしても見てみたいと申したものですから花奈と行きました。ただ、花奈は優歌さんと実際に会ってはおりません。当日に優歌さんが体調が悪いとかで欠席されていましたので。もし、あの時に会っていれば、二人の、いや三人の運命も違っていたのかと思ったりもするのですが後の祭りでしょうか」

「花奈さんから菜美さんのことは聞いていましたか？」

「親しい女性の友人ができたことは知っておりました。薬剤師で容姿が似ている人がいるから、いずれ紹介したいと言っておりました。聞いた時にあったかは分かりませんが、写真画像を見ていたらと思います。それも一つの心残りです。菜美さんに初めてお会いしたのは花奈の通夜の席でしたが、主人ともども混乱して取り乱してしまいました。どうしても花奈がまだ生きているように思えましたし、優歌さんがあの世から戻ってきたようにも見えてしまったりして。菜美さんからは弔辞を頂き読み上げていただいたのですが、どんな内容だったのか全く記憶がありません。保管しております弔辞は仕舞ったままです……。わたくしが心を落ちつかせることができたのは、火葬場で花奈のお骨をひろい終わったあとでした」

座卓に捜査ノートとペンを置いて亜寿佐が訊ねた。

「その、お聞きしにくいことではあるのですが……。あさか園の園長さんから、緑川ご夫妻が本来は引き取る予定だったのは花奈さんだったと聞いているのですが、このことをご存じでしたか」

座布団から急に立ち上がった沙苗が窓を閉めて正座に戻った。

「いいえ、引き取るときは思いもよりませんでした。ただ、花奈は姉妹で生き別れになったのは、かすかな記憶としてあったようでした。でも、どっちが先とか後とか緑川家と太田家でどうかとかは当時五歳の物心もつかない子には分かるはずもなかったようです。実は……、さきほど優歌さんには会っていないと申し上げましたが、花奈と恵以子さんはそのとき一度会っているんです。ポワント基金贈呈式にも来ていた緑川の奥様、恵以子さんから話しかけられました。花奈と娘の優歌がソックリですねと。それが縁でその後も何度か公演会場で会ううちに仲良くなったのもあって、郡山の児童養護施設のことを打ち明けられたことがありました。そこで花奈と優歌さんの関係を悟りました。あたくしも当時はショックを受けました。主人には少し時間がたってから打ち明けました」

沙苗の話を黙って聞いていた広嗣が隣の仏間に移動した。チーンと鈴《りん》の音が鳴り、線香の煙と香りが奥からから漂ってくる。仏壇の前には菊の花が手向けられ小さなローソクの炎が揺らめいていた。花奈の笑顔の遺影を胸に抱えて戻った広嗣が座布団に正座した。

「これは警察の方にお話ししても理解していただけないとは思いますが……。佐久間先生が……、これほどまでに花奈を愛してくださったことに感謝の念しかありません。そのことについては、花奈はきっと幸せだったでしょう。安らかな死化粧の顔でしたから。佐久間先生には何度かお会いしていますが、まだ正式に紹介される前のことです。五本の青い薔薇の花束を花奈が家に持って帰ってきたことがありました。青色の薔薇は珍しいねと言ったら、『希望』、『あなたに出会えて本当によかった』と花言葉と五本の意味を教えてくれました。今度、男性を家に連れてくるからとも。花奈にも、そんな人ができたのかと寂しくも嬉しくも感じました」

広嗣が話を続ける。

「自首した日の夜。今は言えないが、ある事件のことで郡山北署に行くので、しばらくは家に帰れないと電話がありました。通話は短時間で一方的に切れました。何のことか分からないまま、私と妻は急いで警察に向かいました」

　白い煙は消え、微かな香りだけが漂っていた。

「花奈がこの世に、もし思い残しがあるとすれば、先生の罪を全て背負ってあの世に旅立てなかったことだったかもしれません。ご本人もケガをされて生死の縁《ふち》をさまよわれた佐久間先生には罪を償われて復帰されることを希望したいのです。ただ、三名の人を殺めたと世間様から聞こえてきますので、ご自分の命をもって償うことになってしまうのか……。刑事さんにお聞きしても、答えをお聞きできない、どうにもならないのは分かってはいるのですが。菜美さんも何らかの罪には問われると思うと、今のご両親の心痛と心労はいかばかりかと思ってしまいます。ただ、佐久間先生が人を殺めてでも、それほどの思いで花奈を愛していたことは誰にも否定されたくはありませんので……」

　仏前にあげた線香はすべて灰となっていた。

95

　郡山北署巡査の青木純斗に郵便封書が届けられた。東京メトロポリスバレエ団の玉野香織からだった。短い手紙と関係者招待状が二枚同封されており、東京メトロポリスバレエ団公演『白鳥の湖』でプリンシパルとして主役のオデットに選ばれ、相馬将もロットバルト役に選ばれたという内容だった。

その後、青木は日程が合わないこともあり白川巡査部長を誘うこともなく香織の公演を観ることは叶わなかったが、東京メトロポリスバレエ団『白鳥の湖』は無事に初日を迎えた。新しいプリンシパルの誕生に観劇していたバレエファンは惜しみない喝采を送った。

大勢の人間を不幸に巻き込んだブラックスワンのオディールは、この日も王子を誘惑して姿をくらますと、それ以降の舞台に出てくることはなかった。

96

猪苗代署の証拠保管庫で『猪苗代湖殺人遺体損壊遺棄事件』の一連の証拠品整理が行われていた。その中には佐久間澄央の供述によって梅原医院の現場付近を徹底的に再捜索して見つかった、古い外科用メスを応用したペインティングナイフも含まれていた。

同日、事件の捜査資料のほとんども収集整理された。それらには、消化器内視鏡手技取得用バイオニック・ヒューマノイドの開発にかかわった会津工科大学のロボット工学科インド人教授、医用生体工学科日本人准教授、医療ＩＴ科中国人准教授の証言などの捜査資料もあった。バイオニック・ヒューマノイド開発に関しては殺人事件との直接関係性が薄いことから関係者証言としての記述に留められた。

県警幹部会議によって特別捜査本部は大幅縮小され年内をもって解散することが決定した。

その日の午後、志田浜に覆面パトが続々と集結していた。駐車場に並んだ複数の覆面パトから専従捜査班の複数の刑事が降り立った。

空は快晴で、夜間の放射冷却現象で冷え込んだ気温も日中の日差しで上昇していた。前日に降った雪が少しだけ残っていた砂浜にコート姿の刑事らが足跡を刻む。

福島県警察本部刑事部捜査一課の強行犯係から選抜された黒田北都警部、五十嵐良蔵警部補、塚本勇基巡査部長、塩入温子巡査部長が歩みを進め、そのすぐ後ろを郡山北警察署からの白川亜寿佐巡査部長、青木純斗巡査、猪苗代警察署からの坂下陸也巡査、岩瀬鷹雄巡査が続く。最後尾には会津若松署からの三島信乃介巡査。合わせて九人の刑事が『白鳥の湖』ブロンズ像の横を通り過ぎて波打ち際まで進んだ。先頭の黒田が立ち止まると捜査班員全員が動きを止めた。黒田が話し始めた。

「猪苗代湖殺人遺体損壊遺棄事件特別捜査本部は、事件解決の概要が見え被疑者らも逮捕されたことから、近日中に縮小され年末までに解散される。県警本部が事件の年内終結を一つの成果としたいのは当然のことだ。これからは検察の仕事だ。捜査班員の多くも県警本部と所轄署に戻ることになる。この顔ぶれももうすぐ見られなくなるが、それだけは少し残念だ」

　刑事らがそれぞれ顔を見合わせる。

「世の中に悪事は尽きないし、凶悪犯罪はいつ発生するか分からない。我々、刑事警察官は市民の安心安全を守るべく日々、精進に励むしかない。誹謗中傷や誤解があったとしても、それが自分らの宿命だと思って今後の職務に尽くしてほしい」

　黒田が湖面を向いた。

「最後に被害者の方々に、はからずも事件現場の中心になってしまった猪苗代湖、この場所で黙とうを捧げ、それを我々捜査班解散の一つの区切りとしたい」

　湖面を波立たせる風の音だけが鳴り響き、捜査班員に言葉はなかった。そして黒田が静かに発声した。

「猪苗代湖殺人遺体損壊遺棄事件特別捜査本部、専従捜査班員、全員、黙とう」

　その場にいる全員が湖に向かって頭を垂れた。突然、コォーコォーという鳴き声がした。上空に白鳥の群れが飛来していた。

「直ってくれ」

　黒田の声で捜査員らが顔を上げた。そのとき白鳥の群れが湖面に舞い降り、続々と湖水に着水していた。真っ青な湖面に純白の面積が徐々に広がっていく。群れの中に大陸で夏に生まれ、灰色の羽毛を残した一回り小さい幼鳥が点在していた。数えきれない白鳥はシベリア方面に旅立つにふさわしい暖かい季節になるまで、しばらくのあいだ猪苗代湖周辺で英気を養うため飛来した白鳥だった。

エサが欲しかったのか三羽の白鳥が浜辺に寄ってきた。刑事らが見ているだけでエサをくれないと分かったのか、二羽の白鳥は早々に群れへと帰っていった。一羽の白鳥だけが名残惜しそうに残っていたが、それも諦めたのか戻っていった。

白鳥の群れを眺める黒田がつぶやいた。

「二羽の白鳥死す……か。二羽が死んで、一羽が生き残った」

横に五十嵐が並ぶ。

「羽を傷つけた一羽だけが残ったか」

塚本が近づいた。

「飛ぶ方角が最初から違っていたのか、それとも途中で間違ったのか」

青木のスーツ内ポケットの長財布には玉野香織からの期日の過ぎた招待状がまだ入っていた。

「一羽の白鳥だけが主役になりたいがために、起きてしまった事件でしょうか」

温子が寄ってきた。

「主役になりたい白鳥には黒歴史、二羽の白鳥にとっては白歴史。あの時期、関係性や思い出についての明暗が一羽と他の二羽では真逆だった。同じ親の卵から孵化したんだから仲良くしてほしかった、は周りの勝手な理想ですね」

亜寿佐が発想を飛躍させた。

「灰色のアヒルの子は、童話だと大人になったら美しい白鳥になっていた。あの三姉妹が三人とも、そうであればよかったのに……」

坂下が一瞬、童心に帰った。

「それって確か、『みにくいアヒルの子』でしたよね」

三島がそれを追想した。

「アンデルセンですか、子どものころ読んだなあ」

岩瀬が感慨にふけった。

「最後はあの童話みたいに、ハッピーエンドで終われば良かったのに。言ってもしょうがないか……」

三羽の白鳥が群れの中に消えると、もうそれぞれの一羽一羽を識別することは困難だった。

空が一瞬、陰った。再び、天空から白鳥の群れが舞い降りてきていた。次々に湖水に白鳥が着水していく。

数え切れない白鳥で志田浜から見る猪苗代湖北側の湖面と湖岸が純白に染まる。

その純白の向こう遥か遠き先、雲一つない青空を背景にして、昨日までの降雪で冬化粧した磐梯山が雄大にそびえ立っていた。

エピローグ

冬と春が入り混じる季節が猪苗代湖にも訪れた。風の無い日中、数羽の白鳥が続けざまに羽を広げ湖面を滑走しだした。湖水から体が少しだけ浮くと、白鳥らは足の水かきで湖面を叩きながら滑走を続ける。湖水から離れた白鳥たちは、次々に空へと上昇していった。

湖畔の森から一羽の大きなフクロウが、その様子を見ていた。夜行性のフクロウは赤松の森の中で動きを止めていた。褐色の羽毛に灰色の斑紋が入った羽は閉じられたままだった。暗闇でこそ効果を発揮するフクロウの大きな眼球は、明るいこの時間、半透明の保護膜に覆われて視力を弱めていた。

白鳥らの羽ばたく音と湖面を叩く水かきの音、コォーコォーという鳴き声を聞いて、フクロウは赤松の枝に鋭い爪を深く食い込ませた。

いっせいに飛び立った白鳥らは猪苗代湖の上空で、くの字の編隊をつくって北西に向かった。純白の編隊が目指すのは、フクロウが望んだ黄泉の国ではなくユーラシア大陸、遠く果てしないシベリアの大地だった。

猪苗代湖では、白鳥が飛び立つときに起こした小波はおさまり、いつもの天を映す鏡のような湖面に戻っていた。

完

参考文献

『サロメ幻想　ワイルド、ビアズリーから現代作家まで』
編者・発行アトリエサード書苑新社　２０２２年

著者プロフィール
菅原 日月日（すがわら　あさひ）
岩手県安比《あっぴ》高原出身
福島県安達太良《あだたら》高原在住
製薬会社MR（医薬情報担当者）経験者

天鏡の湖

2024年4月15日　初版第1刷発行

著　者　菅原 日月日
発行者　瓜谷 綱延
発行所　株式会社文芸社
〒160-0022 東京都新宿区新宿1－10－1
電話 03-5369-3060（代表）
03-5369-2299（販売）

印刷所　株式会社晃陽社

ISBN978-4-286-25276-6

正誤表『天鏡の湖』

このたび本文中に次のような誤りがありました。訂正してお詫び申し上げます。

頁・行	誤	正
P232 7行目	片方の目蓋を歪ませた青木に	片方の目蓋を歪ませた塚本に
P262 11行目	太田花奈については送検の心配は	太田花奈については送検の必要は

文芸社
ISBN978-4-286-25276-6

郵便はがき

料金受取人払郵便

新宿局承認

2524

差出有効期間
2025年3月
31日まで
（切手不要）

160-8791

141

東京都新宿区新宿1－10－1

（株）文芸社

愛読者カード係 行

ふりがな お名前		明治 大正 昭和 平成	年生 歳
ふりがな ご住所	□□□-□□□□	性別 男・女	
お電話 番 号	（書籍ご注文の際に必要です）	ご職業	
E-mail			
ご購読雑誌（複数可）		ご購読新聞	新聞

最近読んでおもしろかった本や今後、とりあげてほしいテーマをお教えください。

ご自分の研究成果や経験、お考え等を出版してみたいというお気持ちはありますか。

ある　　ない　　内容・テーマ（　　　　　　　　）

現在完成した作品をお持ちですか。

ある　　ない　　ジャンル・原稿量（　　　　　　　　）

書　名			
お買上 書　店	都道　　　　市区 府県　　　　郡	書店名	書店
		ご購入日	年　　月　　日

本書をどこでお知りになりましたか？

1.書店店頭　2.知人にすすめられて　3.インターネット（サイト名　　　）

4.DMハガキ　5.広告、記事を見て（新聞、雑誌名　　　）

上の質問に関連して、ご購入の決め手となったのは？

1.タイトル　2.著者　3.内容　4.カバーデザイン　5.帯

その他ご自由にお書きください。

（　　　　　　　　　　　　　　　　　）

本書についてのご意見、ご感想をお聞かせください。

①内容について

②カバー、タイトル、帯について

弊社Webサイトからもご意見、ご感想をお寄せいただけます。

ご協力ありがとうございました。

※お寄せいただいたご意見、ご感想は新聞広告等で匿名にて使わせていただくことがあります。

※お客様の個人情報は、小社からの連絡のみに使用します。社外に提供することは一切ありません。